作る少年、食う男

榊野道流

CHARADE BUNKO

二見シャレード文庫

目次

イラスト——金ひかる

作る少年、食う男

1

どうか、朝が来ませんように。

もう何度、同じ祈りを海の守護神ネイディーンに捧《ささ》げたことか。

だが、無情にもとうとう細長い窓から一筋、白い光のリボンが差し込んで、木の床を照らした。

ついに、夜が明けようとしているのだ。

それを認めたくなくて、ハルは薄っぺらな枕《まくら》に顔を押しつけた。両手で枕を抱え、ベッドから離れまいとする。

決意の朝だ。

もう心は決まっている。

それでも恐怖と不安はどうしても消せず、十六歳の少年の胸は鉛のように重かった。

しかし……とうとう、彼のベッドに近づく密《ひそ》やかな足音が聞こえてきた。ハルは、じっと寝たふりを続ける。

ブランケットの上からそっと、誰《だれ》かの手がハルの背中に触れた。

「起きるのだ、ハル」

周囲でまだ眠っている子供たちをはばかって、低い声が耳元で囁《ささや》く。肩を揺さぶられ、ハルは仕方なく起き上がった。

彼の目に映ったのは、年老いた男の顔だった。物心ついたときから毎日見続けてきたその男は、彼が住む孤児院の院長である。もう、年齢は八十を越えているはずだ。

「院長せんせ……」

不安げな声でハルが呼びかけようとするのを手で制し、院長はハルを視線で促した。

「…………」

ハルは仕方なく、ベッドから降りた。古い墓石を敷きつめた床は、足の裏が凍りつきそうに冷たい。

ハルが連れて行かれたのは、院長室だった。ここに入るのは、十六年間ここに暮らしていて、まだ二度目だ。

一度目は、幼い頃、仲間と走り回って遊んでいて、礼拝堂の燭台《しょくだい》を落として壊してしまったときだった。

ほかの神官たちに両腕を摑《つか》まれ、罪人の体でここに連れ込まれ、こっぴどく叱《しか》られた。

そのときは、孤児院を追い出されたらどうしようと気が気でなく、ただわんわん泣いて謝るばかりで、部屋の中の様子を見る余裕などなかった。

だが、今は。

ここまで来れば、もう怯《おび》えても狼狽《うろた》えても意味がない。どこか開き直った気分で、ハルは広い室内を見回した。

石造りの天井の高い部屋には、壁一面に海の女神ネイディーンのタペストリーがかけられていた。

美しい半裸のネイディーンが、心正しき船乗りの乗る船を嵐《あらし》から守っている図、海賊船に雷を落としている図、旅人を優しい風で送り出している図、そして漁師たちの豊漁を祝福している図……。

どれも、ハルたち孤児院の子供たちが、自然にそらんじてしまうほど何度も聞かされた物語がモチーフになっている。

慈愛深きネイディーンはしかし、その恩寵《おんちょう》を今日限りハルの上にはもたらしてくれなくなるのだ。

院長はハルの両肩に手を置いた。

「ハル。お前は赤ん坊のとき、カナの港で拾われた。それからずっと、この『ネイディーンの家』で育った」

嗄《しわが》れた声でそう言い、院長はハルの反応を窺《うかが》うように言葉を切った。

「……はい」

ハルは、小さく頷《うなず》く。院長は、毛先が目に入りそうなほど長い眉《まゆ》をひそめ、ハルに問いかけた。

「今日、お前は十六歳になった。お前は、自分の行く道を決めねばならぬ。神官になるか、あるいはここから出て行くか」

「俺は……」

この数ヶ月、いや数年ずっと考え続け、そしてようやく辿《たど》り着いた答を、ハルは震える声で口にした。

「俺は、出て行きます」

院長は落胆した顔をして、幼い子供を諭すような口ぶりで言った。

「もう一度だけ問うぞ。神官となり、神殿で慈悲深き女神ネイディーンに仕えつつ、この『ネイディーンの家』でほかの子供たちのために生きる気はないのか？　これまでと変わらぬ穏やかな暮らしを、お前はもう望まぬのか」

「……ごめんなさい」

ハルはすまなそうに、しかしきっぱりとそう言い、頭を下げた。

「育ててくれたこと、すごくありがたいと思ってます。恩返しもせずに出て行くの、悪いと思ってます。でも俺やっぱり、街で暮らしてみたいんです」

「何故《なにゆえ》だ。街には誘惑や危険が渦巻いておるのだぞ？　これまでのような平穏な日々は、そこにはない」

「……料理の勉強、したいから」

「確かに、お前は神殿の厨房《ちゅうぼう》によく入り浸っておるな。外の世界で、料理人として身を立ててみたいか。それもよかろう。……だが、理由はそれだけか？」

「それは……」

探るように問われ、ハルは唇を噛《か》んで顔を背ける。院長は嘆息して、ハルから手を離し、背中を真っすぐに伸ばした。

「やはり、自分の出自が気になっておるのだな？」

ハルは頷く。院長は、訳知り顔で頷いた。

「無理もない。この街にはさまざまな国から旅人が集まるが、お前のような容貌《ようぼう》の人間を、わたしはこれまで一度も見たことがない」

そう言って、院長はじっとハルを見た。

ハルは、ますますいたたまれない様子で下を向く。そんな彼の肌は白いながらもわずかに黄色みを帯び、うなじで結んだ長い髪は真っ黒、そして意志の強そうな大きな瞳《ひとみ》も、髪と同じく黒かった。

「お前の両親は、おそらく自由都市同盟に属さぬ、遠い遠い国の出身だったのだろう。両親を探し当てることは難しいぞ？」

ハルはその言葉に、ようやく顔を上げ、首を横に振った。

「いえ。俺を捨てた親だから、もう俺のこと覚えてないだろうし、会おうとまでは思ってないんです。ただ、俺……」

「ただ？」

「自分がどこの誰かを知りたい。それだけです」

院長は、両手でハルの温かな頬《ほお》を包み込んだ。高齢のため少し震えていたが、やわらかな手のひらだった。

「お前は、女神の子のひとりだ。それでは足らぬのか」

「……すみません。でも俺……」

孤児院、あるいはその孤児院があるネイディーンの神殿という小さな世界の中でさえ、皆、ハルを珍しい動物でも見るような目で見た。

神官たちはあからさまに好奇心を露《あら》わにはしなかったが、子供たちは正直だ。ハルはいつも、誰にも似ていないその外見をからかわれ、そのせいでときには陰湿な虐《いじ》めも受けてきた。

「俺、みんなによそ者、化け物ってひどいこと言われても、一言も言い返せなかった。……だって、俺が……俺の両親がどこから来たのか、何者なのか、俺にだってわかんなかったから」

「ハル……」

「ここにいれば、平和に暮らせるってわかってます。でも俺、やっぱり……」

「一度神殿を出た者は、二度と戻れぬぞ。それでもよいのか。後悔せぬか？」

「しません」

頷いたハルの顔には、もう迷いはなかった。一度決めたらあとには引かない少年の気性を知る院長は、深く嘆息して何度か頷いた。

「わかった。決意が固いのなら、もう引き留めはすまい。……これを持ってゆくがよい」

院長は、樫《かし》の大きな机の上に置いてあった革袋をハルに手渡した。

「これは？」

「餞別《せんべつ》だ。服と食べ物と金が少し入っておる。それから、お前がここで育ったということを証明する書き付けだ。たいして役には立つまいが、ないよりはマシだろう」

「……ありがとうございます」

「では、行くがよい」

ハルは革袋を両手で抱え、困惑の眼差《まなざ》しで院長を見た。

「でも、みんなにお別れの挨拶《あいさつ》を」

「ならぬ。ここを去る者は、蜃気楼《しんきろう》のように音もなく消えるのが決まりだ。皆が起き出す前に行け、ハル」

「…………」

まだ院長室にいるにもかかわらず、出て行くと決めた瞬間から、お前はもうここの人間ではないのだと暗に告げられ、無意識に握りしめたハルの拳《こぶし》に、ギュッと力がこもる。

「お前に、ネイディーンの加護があるように。もう会うことはないだろうが、元気で暮らしなさい」

院長は、ハルの額にネイディーンの印の二つ並びの菱形《ひしがた》を指先で描き、背を向けた。

「……今までありがとうございました」

院長の背中に頭を下げ、ハルは院長室を出た。まだ薄暗く、ひんやりした回廊を歩き、建物の外に出る。

目の前には、大きくて分厚い鉄の扉があった。これまで、一度も開けたことのないその扉に手をかけ、しかしハルは思わず後ろを振り返った。

すぐ脇《わき》にそびえ立つ広大な石造りの神殿に比べれば、まるで犬小屋のように小さな孤児院。

だがそこで、ハルはこれまでの十六年の人生を過ごしてきたのだ。

そして扉の外には、まだ見たこともない無限の世界、そして果てしない未来が広がっている。

少なくとも、そのときのハルには、不安とともに血が沸き立つような興奮と期待があった。

「……さよなら」

これまで自分を守ってくれた小さな箱庭に別れを告げ、ハルは両手で思いきり扉を開き、外の世界に一歩踏み出した……。

＊　＊

それから半年後のある秋の朝。

検死官ウィルフレッド・ウォッシュボーンは、まだ夜も明けきらない時刻に、執事に叩《たた》き起こされた。

「……なんだ」

「エドワーズ警部から使いの者が来ております。オールドタウンで殺人事件があったので、ただちにお越し願いたいと」

「……またか……」

ウィルフレッドは、低く呻《うめ》いて目元を覆った。やわらかな羽根枕の呪縛《じゅばく》は強力だ。

「旦那《だんな》様？　如何《いかが》致しましょうか。お起きにならないのでしたら、今朝《けさ》は気が乗らないとお返事致しましょうか？」

四十代半ばの執事、ジャスティン・フライトは、慇懃《いんぎん》かつ執拗《しつよう》に耳元で囁く。

「馬鹿を言え。そんな返事をしようものなら、エドワーズの奴、顔を真っ赤にして怒鳴り込んでくるぞ。……起きる」

ウィルフレッドは、掠《かす》れた声でそう言い、渋々身を起こした。

「ではそのようにお伝え致します。すぐにお支度を」

そう言い残し、執事は歯切れのいい靴音を残して部屋を出て行った。入れ違いにメイドのポーリーンが、湯の入った水差しを持って入ってくる。

ウィルフレッドは寝台に腰掛け、両手で重い瞼《まぶた》を揉《も》んだ。

検死官になって以来、ここしばらくのような多忙さは初めてのことだった。

昨夜《ゆうべ》も、追い剝《は》ぎに旅人が殺されるという事件が二件、変態の客に娼婦《しょうふ》が殺される事件が一件起こり、夜遅くまで検死作業に追われた。

疲れ果て、丸太のように重い身体《からだ》をようやく寝台に横たえたと思ったら、ものの数時間でこのザマである。

「旦那様、お髭《ひげ》をあたりましょう」

気の毒そうな顔つきのポーリーンに促され、ウィルフレッドはどうにか立ち上がり、よろめきつつもバスルームに消えた……。

大国アングレで、四番目に大きな都市マーキス。

サイラル湾に浮かぶ小さな島が、そっくりそのまま城塞《じょうさい》都市を構築していることから、孤島都市と呼ぶ者もいる。

かつては弱小独立国であったマーキスがアングレに併合されて、まだ百年ほどしか経《た》っていない。

それでも大国アングレの庇護《ひご》下で、マーキスは他国や他都市との交易と海上輸送、それに漁業で飛躍的に発展しつつあった。

生粋のマーキス人は、白い肌と明るい髪の色、それに青か緑色の目を持つ。

周辺の国々では、マーキス風という言葉が美男美女を表す形容詞として使われるほど、男女を問わず、華やかな美形が多かった。

マーキスの表玄関であるカナ港には、世界じゅうからたくさんの船舶、そして数多くの旅人が訪れる。

自然と、マーキスには旅人のための施設が数多くできた。宿屋や酒場はもちろん、公衆浴場や市議会直営の賭博《とばく》場、果ては遊郭まで、なんでもござれだ。

そんな土地柄だけに、旅人どうしのいさかいや盗難、それに殺人事件はほかの都市に比べればずっと多い。

街には市議会直属の自衛軍及び警察組織があり、治安体制自体は決して悪くない。それでも物騒な事件が頻発してしまうのは、あらゆる人に門戸を開くという市政方針の弊害だった。

今年二十八歳になるウィルフレッドは、三年前に生まれ故郷の北の国ノルディから、このマーキスにやってきた。

彼が故郷を捨てたのはやむにやまれぬ事情からだったのだが、マーキスに流れ着いたのは、単なる偶然だった。

行き先すら定めない放浪の旅の途中、彼が乗っていた大型船の乗客に、急病人が出た。船医がさじを投げたその病人の命を、外科医のウィルフレッドが、緊急手術によって救ったのだ。

その病人というのが、なんと、マーキスの市議会議長夫人だった。

ウィルフレッドは妻の命の恩人として、議長の屋敷に招かれた。夫妻は、ひどく疲れ果てているようには見えるが、端正な面持ちの礼儀正しいこの若者がとても気に入った。

そこで議長は、妻の命を救ってもらった謝礼にと、ウィルフレッドに小さいが瀟洒《しょうしゃ》な屋敷と貴族に匹敵する上級市民の階級を与えた。そして、是非ともマーキスに腰を落ち着け、医師として存分に腕を振るうようにと言った。

市議会議長といえば、市政において総督に次ぐ高いポジションである。そんな人物に定住を促されては、断るわけにはいかない。周囲に流されるままに、ウィルフレッドはマーキスで暮らし始めた。

当初、議長夫妻をはじめマーキスの上流階級の人々は、ウィルフレッドが外科医院を開業するものと期待していた。

だが、彼が選んだ職業は、「患者を診察しない医師」だった。彼は、長年空席だった検死官に就任したのである。

検死官は、犯罪の中でも特に殺人事件の増加に伴い、十五年前に警察の一部署として設立された。

地位的には警部と同等とされ、警察組織の中ではかなり高位にあたるのだが、とにかく昼夜を問わぬ激務で、しかも開業医ほど収入は多くない。

そんなわけで、初代検死官がわずか半年で辞任して以来、誰も二代目になりたがらず、それきり十四年と半年も空席のままだったポストなのである。

本来なら、市議会議長のバックアップで、立派な個人医院を開けるはずのウィルフレッドが、なぜ検死官などに……と、街の人々は訝《いぶか》しんだ。

だが、ウィルフレッド本人は、どんなに誘われても社交界に出入りしようとはせず、個人的な診察依頼も頑として受けなかった。そして、財産にも名誉にも女性にも興味を示さず、ただひたすら、事件現場と警察署内にある解剖室と自宅のあいだを行ったり来たりする生活を続けてきた。

また、ウィルフレッドは、マーキスにあっても、ノルディ風の質素でかっちりした衣服を身に纏《まと》い、また、マーキスの人々のような長髪ではなく、プラチナブロンドの髪を短く整えていた。

長身、銀髪に暗青色の目という冬の海を体現したような検死官は、ただ歩いているだけで人目を引く。殺人事件の現場に必ず現れるとあらば、その姿に不吉なものを感じる者も少なくない。

いつしかマーキスの人々は、この風変わりな検死官のことを、「北の死神」と呼ぶようになっていた。だがウィルフレッド本人はそんなことを気にする様子もなく、ただ淡々と日々を過ごしていた……。


身支度を調えたウィルフレッドが外に出ると、周囲はまだ薄暗く、身震いするほど冷え込んでいた。庭の木の葉が落ち、地面が見えないほど積もっている。

「朝早くから申し訳ありません、検死官どのっ」

玄関先で、紺色の地味な制服を着込んだ若い警察官が彼を迎えた。屋敷の玄関先には、警察の真っ黒な馬車が横づけになっている。

「ひどいのか」

そんな短い問いに、警察官はこれまた簡潔に答えた。

「はいっ。いわゆる血の海というやつです」

「……それは結構だ」

うんざりした顔で、ウィルフレッドは馬車に乗り込み、固い座席に腰掛けた。

警察官は御者の隣に乗り込み、馬車はすぐに走り始めた。検死官専用の二頭立ての四輪馬車は、早く走れる代わりにひどく揺れるのが問題である。

いつもウィルフレッドは小脇に検死用の器具を詰め込んだ革鞄《かばん》を抱え、片手で天井に取りつけられた吊革《つりかわ》を摑んで、舌を噛まないよう歯を食いしばっていなくてはならないのだった。


馬車は、上流階級の人々が暮らすニュータウンから、石造りの大橋を通り抜けて、貧しい人々が住むオールドタウンへと入っていった。

急に道幅が狭くなり、道の両側には、家々の庇《ひさし》が突き出している。昼なお暗いオールドタウンは、下水道がまだ完備していないため、街じゅうに悪臭が漂っていた。

それでも家の中に住める者はまだ幸運で、住む場所のない人間も、オールドタウンにはたくさんいる。そうした人々が街のあちこちに座り込んで眠っており、痩《や》せこけた野良犬が餌《えさ》を求めて通りをうろついているのが、馬車の窓から見えた。

馬車はやがて、隙間《すきま》なく家々が並ぶ通りの一角で停《と》まった。

馬車から降りると、いっそう汚水の臭《にお》いが強くなる。検死官になって以来すっかりお馴染《なじ》みになってしまった臭気だが、慣れたからといって心地《ここち》よいはずはない。ウィルフレッドは軽く顔を顰《しか》め、警察官に先導されて建物の中に入った。

窓が小さく、屋根の低い住居の中は、ムッとした空気がこもっていた。薄暗い家の内に、ランタンを手にした警察官たちが、右往左往している。

「こちらです、検死官どの……あ！」

ウィルフレッドを二階に案内しようとした警察官は、ハッと足を止めた。階段を勢いよく駆け下りてきて踊り場に立った人物を、ギョッとした顔で見上げる。

それは、金モールの肩章つきの制服を着込んだ、恰幅《かっぷく》のいい大男……エドワーズ警部だった。

警察本部の下働きから巡査、そして手柄を重ねてとうとう四十代にして警部にまで上りつめた、伝説の男である。生まれはオールドタウンだが、今やニュータウンに小さな家を構え、貴族出身の妻と暮らしている。

「おはよう、先生。数時間前に別れたばかりだってのに、また会えて嬉《うれ》しいよ。最近の俺は、女房よりあんたと一緒にいる時間のほうが長《なげ》ぇな」

そんな冗談とも愚痴ともつかない言葉を挨拶とともに吐き出し、エドワーズはいかつい顔を歪《ゆが》めるようにして笑った。先月、犯人と殴り合ったせいで、前歯が二本とも折れてしまっている。

「おはよう、エドワーズ。現場は上か？」

挨拶を返して階段を上がろうとしたウィルフレッドを、エドワーズ警部は片手で制した。

「どうした？」

眉をひそめるウィルフレッドに、エドワーズは縮れた赤毛を掻《か》いて詫《わ》びた。

「こっちの仕事が予想外に手間取ってな。まだ、死体に触ってもらうわけにはいかねえんだ」

「……現場検証も終わらないうちに俺を呼びつけたのか。勇み足だな」

「そう尖《とが》るなよ。こっちは昨夜から帰れもしてねえんだぜ？」

人懐っこい下町訛《なま》りでそう言い、エドワーズはウィルフレッドの肩をポンと叩いて言った。

「ここを出て真っすぐ坂を下った右手に、『牡鹿《おじか》の首《くび》』っていう酒場がある。朝飯まだだろ？」

「あ……ああ」

「何か食って一杯やって、頭をしゃっきりさせときな。けっこうな惨状だぜ、上は」

「……やれやれ。了解した」

「すまんな、先生」

嘆息するウィルフレッドに、エドワーズは片手を上げて挨拶する。

「仕方がないさ。できるだけ早く呼びに来てくれ」

そう言い残し、ウィルフレッドは現場から離れた。

指定された酒場は、鹿の角が描かれた大きな看板ですぐにわかった。いかにも下町の酒場らしく、立てつけの悪い木の扉を開くと、狭い店内は薄暗く、じめっとしてかびくさかった。板張りの天井は極めて低く、長身のウィルフレッドは、頭のてっぺんを天井に擦《す》りそうになる。

店内には粗末なテーブルと椅子《いす》が並べられ、テーブルには、燭台が置かれていた。さすがに、朝から酒場に入り浸るほど懐の豊かな者はいないらしく、店内は無人だった。ただ、カウンターの奥に、誰か立っているのが見える。ウィルフレッドは、まだ暗がりに慣れない目をこらしつつ、カウンターに近づいた。

「見慣れない顔だけど、こんな時間から酒場に来るなんて景気がいいね、旦那」

予想外に若々しい男の声に、ウィルフレッドは少し驚かされる。そこに立っていたのは、粗末な服を着た小柄で痩せっぽちな少年だった。年の頃は、十五、六だろうか。

「…………？」

少年は、今にも破れそうな木綿《もめん》のシャツにズボンを穿《は》き、麻袋をリメイクしたらしきエプロンをつけていた。そんな服装が不潔に見えないのは、おそらくこまめに洗濯しているからなのだろう。

しかも少年は、目の上から頭にかけて、すっぽりと大判の布で覆っていた。毛の一筋どころか、眉すらウィルフレッドには見えない。

(気の毒に、この若さでもう毛がないのかもしれないな)

そんなふうに思うと、つい医者の習い性で、ウィルフレッドは少年の顔をしげしげと眺めてしまう。

眉を隠しているからだけではなく、少年の風貌はいささか変わっていた。

卵形の綺麗《きれい》な輪郭をしているが、さほど彫りが深くない。なだらかな曲線を描く頬は滑らかで、大きな黒い瞳が、暗がりでもキラキラと光って見えた。

これまで見たことのない顔立ちだったが、ウィルフレッドは、すっきりした好ましい顔の少年だと思った。この人種の坩堝《るつぼ》のような街にいてさえ、異国的な情緒を感じる。

少年は、ぶしつけなウィルフレッドの視線を避けようともせず、うんざりした顔つきでカウンターに片手をついた。

「何突っ立ってんの。注文は？　酒？　飯？　女？　それとも男？」

予想外の選択肢に、検死官は暗青色の目を見張る。どうやらここはただの酒場ではなく、娼婦や男娼の斡旋《あっせん》までしているらしい。

潔癖なウィルフレッドは、エドワーズの勧めに従い、こんな店に入ってしまったことを後悔した。だが、いくら場末のうらぶれた店でも、注文もせずに出て行っては無礼極まりないだろう。

少年は、指先でカウンターをカッカッ叩き、ぶっきらぼうな口調で言った。

「あー、男はここには俺しかいないし、誰か店番に戻ってくるまで待ってもらわないと駄目だけどさ。で、どうすんの？　ぼーっとしちゃって、注文する気あんの、あんた」

「……う、ああ」

野良猫のようにきつい目で睨《にら》まれ、ウィルフレッドは戸惑《とまど》いつつも仕方なく答えた。

「水を」

それを聞いた途端、少年は片目を眇《すが》め、馬鹿にしたように言った。

「あんたみたいにお上品な人が、オールドタウンの水なんか飲んだら腹下すぜ？」

確かに、オールドタウンでは上水道の管や貯水槽が腐っており、水が汚染していることが多々あると聞いたことがある。ウィルフレッドは仕方なく言った。

「では、何かあまり強くない酒を」

「だったら、ワインかエールか林檎《りんご》酒ってとこかな」

「エールでいい」

少年はカウンターの奥に積み上げてあるジョッキを一つ取ると、大きな樽《たる》からエールを注《つ》ぎ、カウンターにどんと置いた。

「ほらよ。ほかには？」

「食事がしたい。……何がある？」

少年はあまり高くないが細い鼻筋にしわを寄せ、ちょっと考えて答えた。

「肉か魚。肉だったら臓物の煮込み。魚だったらフライ」

何が入っているか知れたものではない臓物の煮込みはゾッとしないが、魚のフライなら、まあ衛生的にも問題はなかろう。そう判断して、ウィルフレッドは答えた。

「魚にする」

だがそれを聞いた少年は、なぜかその幼さの残る顔に緊張を走らせた。

「に……煮込みじゃなくていいんだな？」

「こんな朝早くから、臓物料理を食う趣味はない」

「よ……よしッ！　ちょっと待ってなっ！」

キッとした顔で思いきったようにそう言い、少年は足音も荒く店の奥に引っ込んでしまった。きっとそこが厨房なのだろうが、木の扉に阻まれて見えない。

「……なんだ、あいつは」

ウィルフレッドは怪訝《けげん》そうに首を傾《かし》げた。

あの若さで店のオーナーであるはずはないから、あの少年はおそらく雇われ店員なのだろう。こんな時間に酒場に来る客はあまりいないので、店主もあんな若年者ひとりに店を任せっきりにしているに違いない。

（まったく。俺だって、好きで朝酒などしているわけでは……）

心の中でブツブツと文句を言いながらも、手持ち無沙汰《ぶさた》なウィルフレッドは、エールのジョッキを手にした。

いかにも自家醸造らしき濁った発泡酒は怪しげな雰囲気を湛《たた》えていたが、それでも思いきって飲んでみれば、そうひどい味でもなかった。

（悪酔いせずには済みそうだな）

立ったままちびちびと温《ぬる》い酒を飲みつつ、ウィルフレッドは料理ができてくるのを待った。

ところが、いつになっても少年は厨房から出てこない。時折ガチャンとかゴトンとか妙な音が聞こえてくるので、おそらく作業……というか調理は進行しているのだろうが……。

「それにしても、料理の匂《にお》いすらしてこないな……」

あまりにも長く待たされ、酒も半分以上飲んでしまい、基本的に気の長いウィルフレッドも、さすがにしびれを切らし始めた頃……。

「わあッ！」

扉の向こうで、少年の悲鳴が聞こえた。ついにたまりかね、ウィルフレッドはカウンターを乗り越え、扉を開けて厨房に飛び込んだ。

「どうしたというんだ！」

ウィルフレッドの目に映ったのは、狭い厨房……そして、右手にナイフを持ち、左手を不自然な高さに上げている少年の姿だった。

「な、な、なんだよ、何入ってきてんだよ！　客はこんなとこ……あ！」

少年はとっさに左手を背中に隠し、ウィルフレッドを追い出そうとした。だが、医者の目はごまかせない。

半ば条件反射で、ウィルフレッドは少年に駆け寄り、その左手首を鷲掴《わしづか》みにしていた。

「何すんだッ」

「何じゃない、見せてみろ！」

ぐいと引いてみると、少年の中指の先からはダラダラと血が流れている。かなりの出血だ。ハッと目をやると、少年の前には調理台があり、そこにどうにも不格好に頭を落としかけた大きな魚があった。

「ナイフで指を切ったのか」

「う……ち、ちょっと掠ったただけだよっ」

「刃物を見せろ！」

少年の左手首を摑んだまま、もう一方の手で、ウィルフレッドは少年の右手からナイフを奪い取った。大きなナイフの刃はいつ研いだのか見当もつかないほど鈍く、軽く錆《さび》が浮いてすらいた。

こんなひどい代物で調理した魚を出そうとしたのかと咎《とが》めることなどすっかり忘れ、ウィルフレッドはナイフを調理台に放り投げた。そして水差しを手に取ると、中に入っている水を少年の傷口にぶっかけた。

「つ……っ」

少年は驚きと痛みで小さな声を上げ、手を引っ込めようとしたが、ウィルフレッドはそれを許しはしなかった。ほとんど少年を吊り下げそうな勢いで、その手を自分の顔の前に持ってきて、子細に傷口を観察する。

「……切れない刃物で、力任せに魚を切ろうとしたな。幸い傷はさして深くないようだが、傷口が汚い」

「だ、大丈夫だってば、このくらい」

「大丈夫なものか。破傷風になってしまうぞ」

そう言うなり、ウィルフレッドはなんの躊躇《ためら》いもなく、少年のまだドクドクと出血している中指を口に含んだ。

「うあ！　あ、あんた何を……」

「じっとしていろ」

大慌てで暴れかけた少年は、鋭い目で睨まれ、ビクッと身を震わせた。強く吸われて傷が痛んだのか、顔を顰め、それでも動くまいとする。

傷口から血を吸い出しては床に吐き出す行為を何度も繰り返してから、ようやくウ

ィルフレッドは少年の指を口から出した。

「とりあえず、これでいい」

そして、すっかり従順になった少年の指に、上着の胸ポケットに差し込んであった真っ白な絹のハンカチを巻きつけて、ギュッと結んでやった。

「こ、こんな上等なの……汚れちまうよ」

少年は戸惑いの表情でハンカチを外そうとしたが、ウィルフレッドはそれを押しとどめて言った。

「薬の持ち合わせがないから、血液を吸い出して、傷口から入り込んだ菌をできるだけ除いておいた。あとは、しばらくそうして圧迫していれば、血が止まるはずだ」

「でも……」

「せっかく傷口を綺麗にしたのに、不潔な布を巻いては元も子もないだろう。そのままにしておけ」

「あ、ああ。でも、ホント大丈夫だから。俺、料理……」

「…………」

ウィルフレッドは、再び視線を魚に戻した。

魚自体は、今朝揚がったばかりのものなのだろう。目が綺麗に澄んで新鮮そのものだったが、処理はどうにもまずかった。

鱗《うろこ》はあちこちに残っているし、頭を落とそうと切り込んだ場所には、どう見ても硬い骨がある。とても料理人の仕事には見えない。

「お前、これまで魚を下ろしたことがあるのか？」

ウィルフレッドのそんなストレートな問いに、少年はうっすら顔を赤らめ、横を向いてしまった。

「……ないんだな。料理をしたことは？」

「……魚は初めて」

「とんでもない奴だ。初めて作った魚料理を、客の俺に出すつもりだったのか。たいした自信だな」

「……って……たかっ……んだ……」

呆《あき》れたようなウィルフレッドの声に、少年は恥ずかしそうに切れ切れに答えた。

「なんだって？」

「だって……。せっかく俺ひとりのときに客が来たからさ。り、り、料理、やってみたかったんだっ」

「料理を……やってみたかった？」

少年はこくんと頷き、厨房を見回した。

「料理人の仕事紹介するって言われたから、この酒場に来たのに……全然料理なんてさせてもらえないんだ。ずっと、酔っぱらいの相手と……その手の客の相手ばっか」

唇を噛んで、少年は俯《うつむ》く。身体を売るという行為をひどく嫌っていることが、その表情からは感じられる。

どうやら、最初の印象ほどすれた気性ではないらしい。ウィルフレッドは、ほんの少しこの少年を哀れに思った。

「料理は好きか」

語調を和らげて問いかけると、少年は素直にこくんと頷いた。

「俺の育ったとこで、よく台所に入り浸って手伝わせてもらった。でもそこ、野菜しか食っちゃ駄目な場所でさ。だから、肉とか魚とかって、憧《あこが》れの食材だったんだよな」

「……というと、僧院……いやマーキスなら、ネイディーンの神殿育ちか」

竦《すく》めた小さな肩が、肯定の返事だった。

神殿内に孤児院があると、ウィルフレッドは聞いたことがある。そんな場所で純粋培養された少年がオールドタウンで生きていくには、確かに身を売るしかなかっただろう。

「砥石《といし》はあるか」

「ある……けど?」

「水に濡《ぬ》らして、ここに置け。下に布を敷いてな」

そう言って、ウィルフレッドはおもむろに上着を脱ぎ、厨房のドアノブに引っかけた。そして、シャツの袖《そで》をまくり上げ始める。

そんな彼を怪訝そうに見やりつつ、少年は言われたとおり、砥石を十分に濡らして台に置いた。

「置いたよ」

「よし。見ていろ。人にしろ魚にしろ肉にしろ、とにかく生き物の肉は、よく研いだ刃物で切らなくては組織が壊れてしまう」

「……ひ……人……？」

さりげなく不穏な発言に、少年はギョッとした顔をする。だがそんなことにはおかまいなしに、ウィルフレッドは慣れた手つきでナイフを研ぎ始めた。

シャッ、シャッ……と、リズミカルな音が響く。

「こんなふうに刃を寝かして研ぐんだ」

「うん」

「よし、反対側をやってみろ」

「う、うん」

少年は緊張の面持ちでナイフを受け取り、こわごわ刃を砥石に当てた。そして、ぎこちない手つきで動かしてみせる。

「こ……こう？」

「違う。もっと寝かせて、力加減を一定にしろ」

「んなこと言われても……中指が」

傷ついた左手中指を刃物に添えることができないので、どうにも安定しないらしい。

「……ああ」

それに気づいたウィルフレッドは、少年の背後に回ると、躊躇いなくその手に自分の大きく骨張った手を添えた。そして、さっきと同じようにナイフの反対側を研ぎ始める。

「……っ！」

「こうだ。わかるか？」

少年は、覆い被《かぶ》さるようにされ、手まで重ねられて、顔を真っ赤にする。客には乱暴に抱かれるばかりで、こんなふうに優しく触れられたことはなかったのだろう。

「う……あ、ああ……」

少年の口から出た声は、ひどく上擦ってしまっている。だがウィルフレッドは、そんなことに気づく様子もなく、真剣な面持ちでナイフを研ぎ続けた。

「……まあ、こんなものだな」

ようやく手を離したウィルフレッドは、ナイフの刃に指の腹を軽く当てて切れ味を確かめると、満足げに頷いた。そして、少年を見てこう言った。

「本当はお前にやらせるべきなんだろうが、その傷で魚をさわらせるわけにはいかないからな。俺がやってやる。しっかり見て覚えろ」

「え？」

呆気《あっけ》にとられる少年をよそに、ウィルフレッドは綺麗に洗ったナイフで、なんの躊躇いもなく魚を捌《さば》き始めた。

ナイフの峰で残った鱗を綺麗にこそげ、腹を裂いて内臓を取り出す。それから、正しい場所で頭を切り落とし、たちまちのうちに三枚に下ろしてしまった。

あまりの鮮やかな手際に、少年は唖然《あぜん》として呟《つぶや》いた。

「すげえ……」

「魚はこうして捌くものだ。で、フライの作り方は？」

「……見たことはあるけど」

「油の鍋《なべ》を火にかけろ。そのくらいはできるだろう」

「う、うん」

少年はかまどの上に鍋を置いた。その中には、ラードらしき半ば固まった茶色い油が入っている。

「……胃もたれしそうな油だが、まあいい。それから、さっき俺が飲みかけていた酒を持ってこい」

「わかった」

身軽に店に戻った少年が持ってきたジョッキの中身を、ウィルフレッドは素焼きのボウルに空けた。

「小麦粉と卵は？」

「ある」

粉と卵をボウルに入れ、フォークで混ぜると、たちまち緩い生地ができあがる。

「これを衣にして揚げるんだ」

「なんでエール？　水でいいじゃん」

「炭酸のおかげで、衣が軽く仕上がる。覚えておけ」

「へえ……。あ、俺やりたい！」

少年はウィルフレッドからフォークを受け取ると、右手だけでどうにか魚に衣をつけ、油に入れた。シューッといい音がして、衣が膨らむ。すぐに、香ばしい匂いがあたりに漂い始めた。

「……ホントだ。こんなに綺麗に揚がってんの、俺、見たことない。なあ、あんたさ。いい身なりしてるけど、まさか料理人……ってことはないよな？」

ウィルフレッドは服の袖を直しながら無造作に答えた。

「まさか。釣りが好きだから、魚の扱いには慣れているだけだ。それに、屋敷の料理人はこの国の人間だから、故郷の料理は俺が教えなければ仕様がない」

「ああ、そっか。あんた見るからによそ者っぽい見てくれだもんな。俺も人のこと言えないけどさ。って、じゃあなんの仕事してんの？　こんな朝から酒場に来るような身の上じゃ、ろくなことしてなさそうだよな」

「……検死官だ」

「ええっ!?」

その言葉に、少年は驚きの声を上げて飛びすさった。そして、ウィルフレッドを頭のてっぺんからつま先までジロジロと見回した。その口から出たのは、ウィルフレッドにとってはお馴染みの言葉だった。

「あんた……もしかして、噂《うわさ》の『北の死神』かよ」

今度は、ウィルフレッドが肩を竦めて問いを肯定する番だった。

「それがどうした」

「そ、それでさっき、人の肉を切るとかなんとか言ってたのか……」

「変死体を見て必要があると判断すれば、解剖を行うこともある。それは警察の一員としての行為であって、俺の趣味ではない」

「そりゃそう……だろうけど……」

「不吉な人間を店に入れたと悔やむか？」

「ま、まさか！　んなことないよ。ごめん俺、ちょっとビックリしただけで」

「気にすることはない。それより、魚が焦げるぞ」

「あ……うわっ！」

落ち着き払った声で指摘され、少年は慌てて油から魚を引き上げる。フライは、これ以上ないというほど、綺麗なきつね色にかりっと揚がっていた。

「これ……」

少年が何か言おうとしたとき、厨房の扉がバタンと開き、警察官が顔を出した。ウィルフレッドを屋敷まで迎えに来た若者だ。

「ウォッシュボーン先生、こんなところにおられたんですか。そろそろ検死を始めていただいていいと警部が」

「……やれやれ、やっとか。すぐ行く」

「はっ。店の外でお待ちします」

敬礼を残し、警察官は扉を閉めた。そのノブから、ウィルフレッドは上着を取り上げ、袖を通した。

「時間切れだ。そのフライは、俺が食ったことにして、お前が試食しておけ」

「え？　いいのかよ？」

「十六年も野菜だけでは、タンパク質が不足したことだろう。今からでもせっせと摂取するんだな。金はここに置くぞ」

調理台の隅に銀貨を一枚置き、ウィルフレッドは厨房から出て行こうとした。だが、少年は彼を慌てたように呼び止めた。

「えっと、ウォッシュボーン……さん?」

「……なんだ」

「こんなにもらえないよ。おつり……」

「俺のために指まで切ったんだ。差額はチップにしておけ」

「でも」

「いいから。ではな」

短気なエドワーズ警部をあまり待たせたくない。ウィルフレッドは今度こそ厨房をあとにしようとする。その背中に、少年の鋭い声が聞こえた。

「ま、待ってくれよ!」

「……まだ何かあるのか」

苛《いら》ついた顔で振り向いたウィルフレッドに、少年は思いつめた顔で両手をギュッと握りしめて言った。

「ええと、俺、頼みがあるんだけどッ」

「……ああ?」

「あのさ! 時々でいいから、あんたん家《ち》、行っちゃ駄目かな」

思わぬ「頼み」に、ウィルフレッドは目を剝《む》く。その表情を怒りと取ったのか、少年は大慌てで両手を振った。

「違うよ、何かタカリに行くとかじゃないんだ！　ただ……その……暇なときだけでいいから、料理を俺に教えてくれないかなと思って」

ウィルフレッドは絶句して、少年をまじまじと見た。

貴族階級の屋敷に、オールドタウンの男娼が料理を習いに通うなど、聞いたこともない話だ。馬鹿なことをと一蹴《いっしゅう》するのが常識だろうとウィルフレッドは思った。

だが、そう言うには、少年の黒い瞳はあまりに澄みきって、しかも真剣そのものだった。

「料理が、それほど好きか」

侮蔑《ぶべつ》の言葉の代わりにウィルフレッドの薄い唇から出た言葉は、それだった。少年は、深く頷く。引き結んだ唇が、彼の本気をウィルフレッドに伝えている。

ウィルフレッドはしばらく腕組みして考え、そしてボソリと言った。

「俺には、料理を教える暇などない」

「……そっか……そうだよな」

少年の幼い顔に、みるみる失意の色が広がっていく。それを見ながら、ウィルフレッドはこう言い足した。

「ときに、うちの料理番は女性なんだが、かなり高齢でな」

「……え？」

「お前が力仕事を手伝ってやりさえすれば、喜んで料理の一つくらい教えてくれるだろう」

少年はアーモンド型の目を見開いて大声を上げた。

「ええっ！　そ……それって、行っていいってこと!?」

「お前、名はなんという？　年は？」

「ハル！　十六だよ」

少年は即答する。さっき泣いたカラスがなんとやらで、ほっそりした顔には、輝くような笑みが浮かんでいた。

「ハル……か。覚えておこう。俺の屋敷は、ネイディーンの噴水のすぐ近くだ。近所の者に訊《き》けばすぐ知れる」

「わかった！　あの、あ……ありがとう！　俺、ホントにあの……っ」

「人を待たせている。もう行くぞ」

そう言い残し、ウィルフレッドは店の外に出た。彼が酒場にいる間に、オールドタウンに立ちこめていた朝靄《あさもや》は、かなり薄くなりつつある。

不安げな顔で待っていた若い警察官は、ウィルフレッドの顔を見ると、ホッとしたように背筋を伸ばした。

「待たせたな」

「いえっ。どうぞ！」

現場に向かってウィルフレッドを先導しつつ、若い警察官は怪訝そうな、もの問いたげな眼差しで、チラチラと振り返った。そして、とうとう我慢できずに訊《たず》ねてきた。

「その……何をしておられたのでありますか。酒場の厨房などにお入りになって……」

ウィルフレッドは、ジャケットのポケットに両手を突っ込み、素っ気なく答えた。

「暇つぶしに、魚を捌いていた」

「さ……魚を……でありますか」

「ああ」

ごくりと生唾《なまつば》を飲み込み、まだ十代後半と思われる若者は、こんな問いを口にした。

「その、検死官どのは、なんでも解剖なさるのがお好きなのですか？」

その純朴で好奇心に溢《あふ》れた質問には、腹を立てるより苦笑いが浮かんでしまう。ウィルフレッドは、素っ気なく答えた。

「嫌いではない。何しろ、俺は『北の死神』だからな。君も知っているんだろう、俺が街の皆にそう呼ばれていることは」

若者は、気まずげな顔で曖昧《あいまい》に首を傾げた。

「それは、存じておりますが。し、しかしながら！　そのあだ名は、検死官どのがあらゆる変死現場に立ち会われることからついただけでありまして、検死官どのが死をもたらすという巷《ちまた》の噂は本末転倒であると自分は考えておりますっ」

「当然だ。俺が相手かまわず人を死に至らしめたところで、自分が忙しくなって苦労するだけだからな」

「ごもっともであります！」

堅苦しい警察官の返事に苦笑を深くしたウィルフレッドは、さっきの少年……ハルのことをふと考えていた。

あらためて考えてみると、まったく馬鹿な約束をしたと思う。得体の知れない少年を自宅に引き入れるなど、愚行としか言いようがない。

それでも、不思議なことに、ウィルフレッドはその判断を悔やむ気にはなれなかった。あの不思議な黒い瞳を持った少年に、もう一度……次は明るい光の下で会ってみたい。彼はなぜかそう思ったのだ。

（まあいい。一時の気まぐれであああ言ったまでで、あいつも本気で来る気などないのかもしれないしな）

目の前に、事件現場が見えてきた。外で待機する警察官たちに敬礼を受け、自分も片手を上げて敬礼を返しつつ、ウィルフレッドはハルのことをあっさり頭から追い出し、仕事に取りかかった……。

ところが、それから三日後。

ようやく休みが取れ、延々とベッドで惰眠を貪《むさぼ》っていたウィルフレッドは、またしても執事フライトの襲撃を受けることとなった。

「……今日くらいは寝かせてくれ、フライト。それとも、また事件か？」

恨めしげにそう言い、天蓋《てんがい》つきのベッドから出ようとしない主人に、黒い制服をきちんと着込んだ金髪の執事は、大袈裟《おおげさ》に嘆息して言った。

「ええ、事件です。……旦那様が思っておられるようなものではありませんが」

「……と言うと？」

枕に頭を預けたまま、ウィルフレッドは掠れた声で問いかける。若い頃はさぞもてたであろう整った顔で、フライトはゴホンと咳払《せきばら》いした。

「みすぼらしい服装をした少年が、旦那様の知り合いと称して訪ねて参りました。追い返そうとしましたら、訪問の約束は取りつけてあると強硬に主張致しますので、一応、旦那様にお伺いをと思いまして」

「そんな……あ……」

そんな約束はしていない、と言おうとして、ウィルフレッドはふとあの酒場で出会った少年、ハルのことを思い出した。

「フライト」

「はい？」

「もしやその少年、頭をすっぽり布で覆って、見慣れない風貌に黒い大きな目をしていないか？」

「仰《おっしゃ》るとおりです」

「……だったら、それはまさしく俺の客だ」

その言葉に、フライトは息を呑《の》んだ。

この屋敷で執事として働き始めてもう三年近くになるが、主人であるウィルフレッドが「客」を迎えたのは、議長夫妻を除いてはこれが初めてのことだったのだ。

しかもそれが、見るからにオールドタウンから来た、おそらくは男娼らしき少年とは。

公営遊郭さえあるマーキスだけに、人々は、性に関してかなり開放的である。同性どうしのその手の「交渉」も、さほどタブーとは見なされていない。それでも、これまで薄気味悪いほどストイックだった主人の思いきった行動に、フライトは驚きを隠せなかった。

だが、感情を表に出さないのが執事の鉄則である。フライトは顔を引き締め、事務的な調子で訊ねた。

「では、こちらへお通し致します。……ただ、よけいなことではございますが、先に風呂を使わせたほうがよろしいかと」

「……フライト。何を勘違いしている」

ウィルフレッドは、仰向《あおむ》けに横たわったまま、迷惑そうにフライトを睨んだ。

「は？」

「俺は、昼日中に閨《ねや》の相手を呼ぶほど酔狂ではない。……厨房に案内してやれ」

フライトは、拍子抜けしてポカンとした顔つきで問い返した。

「厨房……でございますか？」

「あの少年とは、オールドタウンの酒場で知り合った。料理を勉強したいそうだ。ブリジットに引き合わせるといい」

「……は……はあ……」

「あの少年に、力仕事をなんでも手伝わせる代わりに、料理を教えてやるようにと彼女に伝えろ」

「……承知致しました」

あくまで礼儀正しくそう言いながら、しかしフライトが珍獣を見るような目で自分を見ていたことに、ウィルフレッドは気づかなかった。彼は、口を噤《つぐ》むや否や、ゴロリと寝返りを打ち、そのまま再び深い眠りに沈んでしまったのである。

それから何時間経っただろうか。

ウィルフレッドは、ふと人の気配を感じて目を開けた。首を巡らせると、ベッドの傍《そば》に、いかにも居心地悪そうな顔をした小柄な少年……ハルが立っていた。

「……なんだ、お前か」

「あ、ごめん。起こしちまったか」

「いや、勝手に目が覚めただけだ。気にするな。それより、ブリジットに会ったか？」

ウィルフレッドはそう言いながら、ゆっくりベッドに身を起こした。ハルは元気よく頷く。

「あ、うん！　野菜の皮剝き、手伝わせてもらった！」

明るい光の中で見ると、ハルの黒い瞳はますます煌《きら》めいて見えた。

「そうか。……まあ、かけたらどうだ」

ウィルフレッドが部屋の隅にある椅子を指さして言うと、ハルは身軽に椅子をベッドの脇に運んできて、腰を下ろした。

少年は小柄で痩せっぽちだが、明るい室内で見ると、顔色はそう悪くないようだった。象《ぞう》牙《げ》色の、すべらかな肌をしている。

厨房で過ごした時間がよほど楽しかったのか、黒目がちの大きな目が興奮してキラキラ光っている。

そんな少年の足元に、麻のずだ袋が転がっているのを見て、ウィルフレッドは眉をひそめた。

「それは?」

「あ……そうそう。フライトだっけ、執事の人。あの人がくれた。お古の服だって」

「服?」

まだ寝起きのウィルフレッドは、話が読めず、鸚鵡《おうむ》返しするばかりである。ハルは、椅子に深く腰掛け、両足をブラブラさせながら頷いた。

「すっげー偉そうに直立不動で言ってたぜ。『旦那様のお客人ならば、これからは当家にふさわしい服装で来ていただかないと困ります』ってさ。悪かったな、どうせ俺はボロ着てるっつの」

口を尖らせながらの見事な口真似《くちまね》に、ウィルフレッドは不覚にも小さく吹き出してしまう。

「なるほど。だが、フライトの服ではお前には大きすぎるだろう」

「ん。悔しいけど、俺チビだからな。だから、俺が野菜の皮剝いてる間に、ポーリーンが丈詰めてくれた」

「そうか」

「……あのさ」

不意に真顔になって、ハルは両手を膝頭《ひざがしら》に揃《そろ》えた。ウィルフレッドは、寝乱れた髪を両手で撫《な》でつけながら上目遣いに少年の顔を見る。

「なんだ?」

「『これから』があんのか？」

「ああ？」

「だって、来ていいって言ったのはただの気まぐれで、きっと追い返されるんだろうなって思って来たんだ」

「そのわりに、俺に面会の約束があると玄関先でごねたそうじゃないか」

二度寝する前の執事との会話を思い出してウィルフレッドがからかうと、ハルはほっそりした顔をほんのり赤らめ、頬を膨らませた。

「そりゃ、追い返されるにしても、一言くらい文句言ってやりたいじゃん。嘘《うそ》つきって。そ、それに……これ」

ズボンのポケットを探り、ハルはハンカチを取り出した。それは酒場の厨房で、ウィルフレッドがハルの指の傷に巻いてやったものだった。

「ありがとって言って、直接返したくて。ごめん。一生懸命洗ったんだけど、血のシミ落ちなくて……で、洗いすぎて、その」

ハンカチを受け取り、開いたウィルフレッドは絶句した。上等な絹のハンカチを、洗濯板でごしごしと擦《こす》ったのだろう。褐色の血のシミがついたハンカチは、無惨に裂けてしまっていた。

「やれやれ。……で、『これから』がなんだって？」

ハンカチをひとまずはサイドテーブルに置き、ウィルフレッドは訊ねた。ハルは、少し緊張した面持ちでもう一度問いを重ねる。

「だから！　これから……も、来てもいいのかなって」

「ブリジットはなんと？」

「助かった、またおいでって言ってくれた。手伝いをしてくれるなら、料理なんていくらでも教えてあげるって」

「だったら来ればいいだろう」

「で、でも、お屋敷のご主人はあんただろ？　だから、一応訊かなきゃって思って、そんでここで待ってたんだ、あんた起きるの」

それを聞いて、ウィルフレッドは面白くもなさそうに素っ気なく言った。

「好きにしろ」

「う……あ、ありがと」

それきり、会話は途絶えてしまった。ハルは立ち上がり、麻袋を背負う。

「じゃ、俺もう行かなきゃ。酒場の仕事、抜けてきたからさ。……夜になったら、客も取らなきゃだし。だから昼間にまた来るよ」

ベッドを降りたウィルフレッドは、顰めっ面で少年を見た。

「べつに、お前の生活に口出しするつもりはないが、どうしても身体を売らないと食っていけないのか？」

「………」

しばらく黙りこくっていたハルは、やがて吐き捨てるように言った。

「馬鹿だったんだよ、俺。有り金掏《す》られて困ってたときに、料理人の仕事を紹介してやるっていう男にのこのこついてって……」

「それで？」

「そいつに売られちゃったわけ、今の酒場のオヤジに。金貨五枚で」

「まさか。お前は奴隷ではないし、人身売買はマーキスの法で固く禁じられて……」

「んな法律、オールドタウンでなんの役に立つってんだよ。人身売買の証文の代わりに、俺がオヤジに金貨五枚の借金をしてるっていう証書を作られちまったんだ。どうしようもないさ。とにかく、そんな大金を返すためには、身体を売って稼ぐ以外に方法はないよ」

「………」

自分で質問しておいて、ハルの答にどう反応していいかわからなくなったのだろう。沈黙するウィルフレッドに、ハルは皮肉っぽく笑って言った。

「俺がドジだったんだから、べつに同情なんかいらないって。気にすんなよな。じゃ、また来る！」

そんな言葉を残し、少年の小さな姿は扉の向こうに消えた。

「賑やかな奴だ。しかし……売られた、か」

寝間着を脱ぎ捨て、パリッと糊の利いたシャツに袖を通しながら、ウィルフレッドはひとりごちた。

　どうしても、殺人事件は治安の悪いオールドタウンで多発する。検死官として、ウィルフレッドはこのマーキスという都市におけるあまりにもあからさまな貧富の差を、痛いほど感じてきた。

　ウィルフレッドにとっては、ハルが身体を売ってまで返さなくてはならない理不尽な借金など、懐がチクリとも痛まない程度のはした金である。

　だが、借金を肩代わりしてやると言ったとしても、ハルはそんな施しなど頑として拒否するだろう。彼がそういう性格なのは、出会ったばかりでも明らかだ。

（それに……あいつと同じような子供が、オールドタウンには何百人もいる）

　安い同情で目の前のひとりを助けたところで、彼のこれからの人生に責任を持ってやれるわけでも、同じ境遇の子供たち全員を救ってやれるわけでもない。

「俺には、関係のないことだ」

　他人の人生に軽率に介入してはいけないと割り切ったつもりでも、ハルの笑顔を思い出すと、ウィルフレッドの胸は、不思議にチリチリと疼《うず》くのだった……。

＊　　＊

そんなふうにして、「北の死神」の異名を持つ検死官ウィルフレッドと出会ったハルは、酒場の仕事が暇な昼間を狙《ねら》い、毎日のようにウィルフレッドの屋敷を訪ねた。

執事のフライトにきつく言い渡されたので、きちんと洗濯したお古のシャツとズボンに着替え、こざっぱりした格好で裏口から入る。

厨房にはたいてい料理番のブリジットがいて、ハルを笑顔で迎えてくれた。

ブリジットはもう七十を過ぎた老婦人で、ここに来る前は、とある貴族の屋敷で料理番をしていた。そこを老齢を理由に解雇されて困っていたところ、料理人募集の新聞広告を見つけ、この屋敷に来たそうだ。

「もうこんな年寄りだしね。まさか雇っていただけるなんて思わなかったんだけど、旦那様は変わったお方で。ほかに誰も雇わないだろうからってわたしを選んでくださったんだよ。もっと若くてよく働ける人たちがたくさん面接に来ていたのにねえ」

ブリジットは重い物は持てないし、夜遅くまで起きていることもできない。

そんな彼女を助けてきたのが、ほかの三人の使用人……執事のフライト、メイドのポーリーン、そして庭師のダグだった。

ポーリーンはブリジットの遠縁で、夫に先立たれた三十歳代の物静かな女性である。親戚《しんせき》に子供を預け、ひとりでこの屋敷に来た。

庭師のダグは、若い頃に酒に溺《おぼ》れ、妻子に逃げられた過去を持つそうで、今は独り身だ。

そして、執事のフライト……。いかにも生粋のマーキス人らしい金髪碧眼《へきがん》の彼は、少々居丈高だが、ハルにはキビキビと仕事をこなす理想的な執事に見えた。

だが、並んで夕飯の下ごしらえをしながら、ブリジットがこっそり教えてくれたところによると、彼もまた、脛《すね》に傷持つ身であるらしい。

数年前、とある貴族の屋敷で執事として働いていた彼は、その家の奥方と懇ろになってしまった。それが主人の知るところとなり、彼は即刻、屋敷から叩き出された。

醜聞ゆえ、表沙汰にされることはなかったが、噂はあっという間に広がる。彼を雇おうという家はなくなった。

「でも、フライトはあのとおりの優男だろ。食わせてやろうっていう女はいくらでもいるよ。で、長いこと公営遊郭の娼婦のヒモだったんだってさ。たいしたもんだねえ」

妙に感心した様子で、ブリジットはそう言って頭を振った。そして、これまたそうした事情をすべて知った上で、ウィルフレッドはフライトを執事として雇い入れたのだという。

「旦那様は本当に不思議なお方だよ。『俺には妻がないのだから、フライトも不義密通のしようがない。あれには最適な職場だろう』なんて真面目《まじめ》な顔で仰るんだからね」

ブリジットはそう言って可笑《おか》しそうに笑った。

どうやら、ウィルフレッドという男は、相当に風変わりな人物であるらしい。

ハルはいつも昼間にほんの二、三時間屋敷を訪れるだけで、ウィルフレッドはたいてい仕事に出て不在だった。

だが、事件のない平和な昼下がりには、ウィルフレッドは自宅にいて、書斎で書類を整理したり、読書したりしている。

そんなとき、ハルは挨拶がてら彼の部屋を訪ねて短い世間話をした。


「……お前、読み書きができるのか」

ハルが初めてウィルフレッドの書斎に入り、本棚の本を手に取ったとき、ウィルフレッドは少し驚いたようにそう言った。

ハルは、得意げに胸を張った。

「そりゃ、孤児院育ちだからな。孤児院の子供は、神官になるための教育を受けるんだよ。だから、読み書きだって習う」

「なるほど」

「ま、今の俺には、そんなのなんの役にも立たないけどな」

ハルが吐き捨てると、ウィルフレッドは真面目な顔でかぶりを振り、立ち上がった。

「役に立たないことなどないぞ、ハル」

「だって、酒の相手して身体売るのに、読み書きなんて……」

「お前はもっと負けず嫌いの質《たち》だと思っていたんだが？」

「え？」

ウィルフレッドはハルの手から本を取り上げ、パラパラとページをめくりながら、暗青色の瞳でハルを見つめて言った。

「まさか、一生をあの酒場で終わるつもりではあるまい」

ハルは勢いよく頷く。

「そりゃもちろん！　できるだけ早く借金返して、金貯《た》めて、あんな場所から出てやるよ」

「……その意気だ。それでこそ、屋敷に出入りさせる意味がある」

どこか満足げにそう言って微笑し、ウィルフレッドは再び本をハルに差し出した。

「え？」

「アングレの旅行記だ。いろいろな地方について書いてあるが、土地の料理もたくさん出てくる。料理好きのお前には面白いだろう。持っていくといい」

「くれるのか？　いいのかよ」

「ああ。俺はもう何度も読んだからな」

マーキスでは書物は高価で、たとえ読み書きができたとしても、オールドタウンの人間が買えるような代物ではない。

「ありがとう！　大事にする」

ハルは目を輝かせ、赤い革表紙の分厚い本をギュッと抱きかかえた。ウィルフレッドは、そんなハルに珍しく軽い口調で言った。

「なんでもやるというわけにはいかないが、好きな本をここで読んでいくといい。……だが今日のところは、ほかのものを読んでくれないか」

「ほかのもの？」

目を丸くするハルに、ウィルフレッドは大きな執務机を指さした。

「ここのところ検死が立て込んでな。書類を山のように作らなくてはならないんだ。少し、手伝ってくれると助かる」

「いいぜ！」

ハルは目を輝かせて頷いた。

出会ってからずっとウィルフレッドの親切を受けるばかりで、返せるものが何もないのを密かに苦にしていたのである。

「では、そこの椅子にかけて、俺の指示する項目を読み上げてくれないか」

「わかった！」

ハルは大張りきりで立派な樫の椅子に腰掛ける。

「頼もしいな」

そう言って、ウィルフレッドは珍しく楽しげに笑った。

そのときから、ハルは時折、ウィルフレッドの仕事を手伝うようになった。

作業は主に書類作成だが、ときには、ウィルフレッドが解剖で用いた刃物の手入れも任されることがあった。どんな仕事でも、ハルは喜んで引き受けた。

ウィルフレッドは無愛想だが、基本的に親切な男だった。上流階級の人間のくせに、使用人にもハルのようなオールドタウンの人間にも、少しも偉そうな態度をとらない。

ハルが仕事を手伝うと、いつも「ありがとう、助かった」と律儀に礼を言った。

孤児院を出てからというもの、人の残酷さや狡猾《こうかつ》さばかりに触れてきたハルには、いつしかこの屋敷に来ているときだけが、心安らぐ時間になっていた。

ただ、ウィルフレッド自身はひどく孤独であるようにハルには思えた。

妻子もなく、誰かを屋敷に招いている様子もなく、ただひたすら仕事に没頭している。

（この人、いったい何が楽しくて生きてるんだろうな……）

ウィルフレッドの姿を見ていると、ハルはそう思わずにはいられなかった。

ウィルフレッドは、決して醜男《ぶおとこ》ではない。それどころか、その理知的で端正な顔立ちは、男のハルでも溜《た》め息《いき》をつきたくなるほどだ。

プラチナブロンドの髪はまるで銀糸のようだし、深い憂いを帯びた暗青色の瞳も、魔力を帯びた宝石のような鋭い輝きを放っている。引き締まった薄い唇には、どんな女でもキスしてみたいと思うことだろう。

体格も、小柄なハルには嫉《ねた》ましいほど長身で、着痩せして見えるが意外にたくましい。一度、着替えをしているところに入っていってしまったことがあり、ハルはしばらく胸がドキドキして困ったくらい、綺麗に筋肉がついた身体をしている。

だが、そんな恵まれた容姿を、本人は欠片《かけら》も気にかけていない様子だった。

賑やかな町中に住んでいるのに、他人との接触を極力避け、仕事で出かける以外は屋敷に閉じこもりきり。そんな暮らしぶりを見ていると、人間嫌いなのかと思わずにはいられない。

そのくせ、きちんと働きさえすれば、少々問題のある、あるいはあった使用人でもかまわず雇い、ハルのような人間を屋敷に出入りさせているという、寛大で偏見のない性格。

ウィルフレッドという人間の複雑さに、ハルはいつも軽く混乱する。

けれど、ウィルフレッドと過ごす静かな時間は、ハルにとって心地よいものだった。「来たよ」と言っても「帰る」と言っても、返ってくる言葉は「そうか」だけだったが、不思議と嫌がられていないと感じることができた。

自分のことは何一つ語らないウィルフレッドだったが、孤児だ貧乏人だ男娼だとさげすむことなく、ただひとりの人間としての自分を傍にいさせてくれる彼に、ハルはいつしか温かな気持ち……好意を抱くようになっていた。

そんなふうにして、三ヶ月が過ぎた。季節は秋から冬になり、温暖な気候のマーキスにも、冷たい木枯らしが吹きすさぶようになった。

そんな中でも、ウィルフレッドは分厚い外套《がいとう》を羽織って事件現場へと向かい、ハルはウォッシュボーン家の厨房で、こつこつと料理の腕を磨いていた。


あるとき、お茶の時間にハルが焼いたパンケーキを出すと、それまで料理の感想をいっさい口にしなかったウィルフレッドが、「旨《うま》いな」と言った。

「ホントに？」

初めて褒められて、ハルは思わずテーブルに駆け寄った。

ウィルフレッドは淡く微笑《ほほえ》み、頷いた。

「ああ。これは俺の故郷の菓子なんだ」

「だってな。ブリジットが、あんたから習ったって言ってた。あんた、『北の死神』って呼ばれるくらいだから、北の国の出身なんだろ？」

「ああ。ノルディで生まれ育った」

「北国って、寒いんだろうな。ここよりずっと寒い？」

「一年じゅう、雪が消えることのない地だ。だから小麦があまり採れず、こうしてそば粉を混ぜたパンケーキを食べるしかないんだ」

「ふーん……。でも、旨そうだけどな、そば粉入りも。確かに色は黒っぽくなるけど」

ハルの言葉に、ウィルフレッドは眉根を寄せた。

「旨そう？　お前、まさか味見しなかったのか？」

「しないよ、そんなこと」

「なぜだ。試食しない料理人などいるものか」

軽く咎められ、ハルは口をへの字に曲げて言い返した。

「だって。俺はここの使用人じゃないし！　俺の勝手で押しかけてんだから」

「だから？」

「ここん家の食べ物勝手に食ったりしたら、あんたに損させちまうだろ？」

ハルの言葉に、ウィルフレッドは眉間《みけん》に浅い縦じわを刻み、丸くて小さなパンケーキをナイフで半分に切りながら言った。

「妙な理屈だな。味見もせずに出した料理がまずければ、それこそ俺に不利益を与えることになると思うが」

「あ……そ、そうかもだけど。でも、味見はブリジットがしてるし！」

「それにしてもだ。味見なしでは、お前の料理人としての腕がさっぱり上がらないだろうが。それでは、お前がここに来る意味がない。……そこにかけろ」

「え……あ、うん」

指さされたのはウィルフレッドの隣の席で、ハルはおずおずと腰を下ろした。

「食ってみろ」

そう言うなり、ウィルフレッドはフォークにパンケーキを突き刺し、ハルの口元に差し出した。

「え？」

その上流階級の人間にあるまじき行為に、ハルは目を見張る。だがウィルフレッドは、ほら、とフォークを突きつけてくる。

ハルは仕方なく、ぱくんとパンケーキに食らいついた。もぐもぐと頬張ると、そば粉と卵の味と、仄《ほの》かな赤砂糖の甘さが広がる。素朴で優しい味わいの菓子だった。

「旨い！」

自画自賛するハルに、ウィルフレッドはやけに楽しげに言った。

「ああ、旨い。おかしなものだな。お前の焼いたパンケーキは、俺の母親の焼いたものに近い味がする」

ハルは驚いてウィルフレッドの顔をまじまじと見た。

「ホント？　なあ、あんたのお母さんってどんな人？　北の国に残してきたのか？」

「いや。故郷を出る前に死んだ」

「あ……ごめん、俺、つい」

ハルは申し訳なさそうに華奢《きゃしゃ》な身体を小さくしたが、ウィルフレッドはテーブルに片肘《かたひじ》をつき、気を悪くしたふうもなく懐かしげに言った。

「優しい人だった。……貧しい暮らしの中でも、笑みを絶やさなかった」

「貧しいって……あんた、北の国でも貴族だったんだろ？」

ウィルフレッドはどこか切なげにハルを見て、小さくかぶりを振った。

「違う。俺の母は、北の国のとある屋敷でメイドをしていた。その家の若主人のお手つきになり……身ごもって屋敷を追い出され、スラムの一角で俺を産んだ」

「え……じゃあ、生まれつき金持ちだったんじゃないのか？」

「金持ちにはほど遠かった。ともすれば物乞《ものご》いに落ちそうな、日々の食べ物にも事欠く暮らしが長く続いた」

思いも寄らない突然の身の上話に、ハルはただ呆然《ぼうぜん》とする。ウィルフレッドは目を伏せ、淡々と言葉を継いだ。

「だが母は、決して身の不運を嘆いたり、相手の男を恨んだりはしなかった。ただ、身を粉にして働いて、俺を育て、学校へも行かせてくれた。おかげで俺は奨学金を獲得して、医学校に入ることができた」

「頭がよかったんだな」

「そうじゃない。成り上がりたい一心で努力したんだ。……そして俺は医者になった」

ハルは興味深そうに身を乗り出した。

「そんで？　ノルディでも検死官だったのか？」

「いや。外科医になった。外科は学問的に遅れていたから、なり手がまだ少なくて……早い話が、名を上げやすかった」

「有名になりたかったのか？」

ウィルフレッドは、凍《い》てついた海の色の瞳を伏せた。

「ああ。毎日何例も手術をして実績を重ね、そして……ついに、とある名家の当主に見出《みいだ》され、その家の婿養子になった。晴れて貴族の一員になれたというわけだ」

「え？　じゃああんた、結婚してんだ？」

正直な驚きの声に、ウィルフレッドはチラとハルを見て、唇を歪めた。それは、己に向けられた暗い嘲《あざけ》りだった。

「形ばかりの結婚だったよ。妻も義理の両親も、将来有望な医師、そして彼らの忠実な僕《しもべ》としての俺を必要としていただけだ。愛情などどこにもない」

「そんな……」

「あれは、結婚という名の契約だったんだ。俺は婚家に名誉と優秀な跡継ぎをもたらす。婚家はその見返りとして、俺に貴族の立場と富を与える」

「そんな結婚ありかよ。何かすごい嫌な感じがする。あんたには悪いけど」

いかにも少年らしいハルの嫌悪を滲《にじ》ませた声に、ウィルフレッドも静かに頷いた。

「自分のことなどどうでもよかったんだ。ただ、長年苦労をかけた母を、彼女を弄《もてあそ》んだ男と同じ貴族の身分にしてやりたかった。贅沢《ぜいたく》な暮らしをさせてやりたかった。だが、母はそんな俺の行動を少しも喜ばなかった」

ハルは、軽く首を傾げる。

「なんで？　貴族になれて、金の苦労はなくなったんだろ？」

「目先の欲にかられて、他人を利用する……真心なく人と絆《きずな》を結ぶなど、畜生にも劣る行為だと。お前は人の道を外したと、母は激しく俺を詰《なじ》った」

「でも！　でもそれは、お母さんのためだったんだろ？　それに、あんただけが悪いんじゃないよ。奥さんたちだってそうだったんだから、お互い様じゃん」

「それでもだ。後に母の言葉の意味が、身に染みてわかったよ。卑しい行為のツケが、どんなに恐ろしいものか」

ウィルフレッドの顔も声音も、ひどく暗かった。何があったのかと訊ねあぐね、ハルはただごくりと生唾を飲む。だがウィルフレッドは、簡潔にこう言っただけだった。

「母はその後すぐ、病で死んだ。俺があの人を打ちのめし、死期を早めたようなものだ。……結局、妻も失うことになったしな」

「そう……だったんだ。奥さんも死んだのか?」

「いや。国を出るときに別れた。……違うな。切り捨てられたというほうが正しいか」

皮肉な口調でそう言い、ウィルフレッドは力なく首を振った。

「喋《しゃべ》りすぎた。お前の焼いたパンケーキのせいで、少々感傷的になったのかもしれない。すまなかった、つまらない話を聞かせてしまったな」

「ううん! あの……えと、上手く言えないけど、俺、嬉しいよ」

「嬉しい?」

ハルは、身体ごとウィルフレッドのほうを向いて言った。

「だってあんた、自分のこと何も話してくれないから。俺のことなんか、まともに相手できないと思ってんだろうって……」

「そうじゃない。語る価値もないから、話さなかっただけだ。お前こそ、俺なんかを相手にしていても、つまらないだろうに」

「そんなことない! 俺、あんたと知り合えて……このお屋敷に来られて嬉しいよ」

ハルははにかんだ笑顔を見せた。

「だって俺、孤児院育ちだろ? 誰かが俺のためだけに何かしてくれたことなんてこれまでなかった。でもこの家じゃ、ブリジットが俺だけのために料理を作ってみせてくれたり、ポーリーンが俺の服を繕ってくれたり……。何か、そういうの、大事にされてるって気がして、すげえ気持ちいいし嬉しい」

「そういうものか……？」

「そうだよ！　それに、あんたと喋るのも仕事の手伝いすんのも……俺、嫌じゃないよ。全然つまんなくなんかない」

「……そうか」

ハルの素直な言葉に、ウィルフレッドの頬もわずかに緩む。ところで、とウィルフレッドはハルの顔を見て言った。

「俺のことだけ聞いて、自分のことはだんまりを決め込むつもりか？　お前はいったいどこの国の出だ。姓はなんという？」

「そんなこと、俺が知りたいよ。俺の顔見りゃわかるだろ、このあたりの人間じゃないってことくらい」

「……確かにな。では、出自は不明なのか」

「捨て子だからな。だから、姓なんてあるわけないだろ。俺はずっと、ただのハルだよ」

ハルは横を向いて吐き捨てた。

「何か、身元を辿る手がかりになりそうなものはなかったのか？」

「素っ裸の赤ん坊だった俺は、ボロボロの布にくるまれて港に捨てられてたんだって。その布に、ハルって書きつけてあったから、それが俺の名前になった」

「……なるほど……」

「だから、俺が親からもらったものは、その布きれだけ。一応まだ持ってるけど、なんの役にも立ちそうじゃないよ。……なあ。ノルディのあたりにも、俺みたいなのはいないのか？」

ウィルフレッドはしばしハルの顔を見つめ、力なく首を横に振った。

「お前のような象牙色の肌に黒い瞳の人間を、俺は見たことがない」

「そっか……」

「そういえば、その布の下は？　いつもそうしているせいで、俺はお前の髪の色を知らない。……それとも、毛が一本もないのか？」

「まさか。……そうだな、あんたには見せてもいいや」

ハルはクスリと笑い、ぴっちりと頭を覆っている布を無造作に外した。

途端に、豊かな黒髪が川のように少年の背中に流れた。真っすぐな髪は艶《つや》やかで、腰に届くほど長い。

「黒髪か。瞳と同じ色だな」

ハルは肩を竦めた。

「わかったろ、頭隠してる理由。黒髪に黒い目なんて不吉だ、まるで死神だってみんな気持ち悪がるからさ。目は隠せないから、せめて髪の毛だけでもって思って。あんたも嫌だろ？

隠しとく……あ……」

「そんな必要はない」

ウィルフレッドは、再び布を巻きつけようとしたハルを制止した。ハルは、驚いて目を丸くする。ウィルフレッドは、ちょっとおどけた声で言った。

「忘れたか。俺は『北の死神』だぞ。心配するな。この家にいる者は誰も、黒髪が不吉などとつまらないことは言うまい。本物の死神が屋敷の主《あるじ》なんだからな」

「……ウォッシュボーンさん……」

それを聞いて、ウィルフレッドは顰めっ面をした。

「ずっと気になっていたんだが、その呼び名はそろそろやめにしないか」

「え？　だって、ほかになんて呼ぶんだよ」

「名で呼べばいい。……ああ、まだきちんと名乗っていなかったか。俺の名前は……」

「ウィルフレッド……だろ？　知ってるよ」

「なぜ」

「そ、そ、その……えと……」

突然、ハルの顔は真っ赤になった。

実は、ハルは台所作業の最中や、使用人部屋でお茶をご馳走《ちそう》になっているあいだに、ブリジットやポーリーンから、彼女たちの知る「旦那様」の知識をあれこれと仕入れていたのだ。

ウィルフレッドの名前だけでなく、彼の人となり……たとえば、わりに寝起きが悪いこと、綺麗好きなくせに仕事で服を汚すことは平気で、いつもポーリーンはシミ抜きに苦労していること、たまに釣りに出かけ、大きな魚を何匹も釣り揚げて帰ってくること……などなど。

そんな小さな情報を手に入れるたび、ハルは嬉しくてたまらなかった。だがそんなことは、気恥ずかしくて言えない。ハルは躍起になって急《せ》き込むように言った。

「そ、そんなのどうでもいいだろ。っつか、あんたはお屋敷のご主人なんだし、名前じゃ呼べないよ。ホントは旦那様って呼ばなきゃいけないんじゃないかと思ってんのに」

「馬鹿な。そんな必要はない」

「でも」

「お前は使用人ではないし、俺はお前を客としてこの家に迎えたつもりだぞ」

「き、客!?」

度肝を抜かれて、ハルの声はすっかり裏返ってしまう。だがウィルフレッドは、あっさりと言った。

「ほかのなんだと思っていたんだ？　使用人でも日雇い労働者でもない、気が向いたときにふらりとやってくるお前を、ほかになんと呼べと？」

「う、そ、それはそうなんだけど……でも俺、スラムで身体売ってるような奴だぜ？　それを客だなんて」

ハルの言葉を、ウィルフレッドは厳しい口調で遮った。

「自分をおとしめるような言い方はするな。何をしていようと人間であることに変わりはないだろう。それに主人の俺が客だと言えば、何者であろうとそれは客人だ」

「そりゃ……そうだけど……」

「ああ、客扱いされないのが不満か？　お前が嫌がるだろうと思ってあえてそうさせなかったんだが、皆に、『ハル様』と呼ばせたほうがよければ……」

ウィルフレッドは真顔でそんなことを言う。ハルは大慌てで両手を振った。

「い、いやいいッ。あのフライトさんに、ハル様なんて呼ばれたら俺、いたたまれないっての。いいよ、今のままで十分大事にしてもらってるよ、俺」

「ならば、変なところで卑屈にならず、俺のことも名で呼べ」

「う……ウィルフレッドさんって？」

「呼び捨てでいい。俺もお前のことをハルと呼んでいるだろうが」

「う……う、う、ウィルフレッド……？」

やけに照れてしまって、思いきり口ごもりながらどうにかその名を口にしたハルに、ウィルフレッドは満足げに頷いた。

「それでいい。この家にいるときは、身分だの外見だの、よけいなことは気にするな。誰にでも、ありのまま自由に振る舞える場所が必要だ」

「……あ……」

そのとき初めて、ハルは自分がウィルフレッドに労《いたわ》られていたのだと気づく。

出入りを許されているのは、てっきり金持ちの気まぐれ、あるいは単に気前がいいからだと思っていた。だがハルが思っているよりずっと、ウィルフレッドはハルのことを考えていてくれたのだ。

「あ、あの、その……ありがと」

蚊《か》の鳴くようなハルの声に、ウィルフレッドは微苦笑した。

「今さらあらたまって礼など言わなくていい」

「だって！　俺、嬉しいよ。……何か、ホントにすごく嬉しい」

「それはよかったな」

あっさりとそう言い、ウィルフレッドはしみじみとハルを見た。

「それにしても、本当に見事な髪だな。俺には、お前の髪が不吉などとは思えない。……むしろ、とても美しい。黒く染め上げた絹糸のようだ」

そんなことを言いながら、ウィルフレッドは半ば無意識に、ハルの髪に手を伸ばす。

「……あ……」

大きな骨張った手に優しく髪を梳《す》かれ、ハルは心臓がすごい勢いで踊り出すのを感じた。

ウィルフレッドに触れられたのは初対面のとき以来だ。

（あんときは……この手で俺の手首摑んで、指の傷を舐《な》めてくれたんだっけ……）

思い返すと、その行為がひどくエロティックなものに感じられ、ハルは頰を熱くした。

食べていくためと割り切って身体を売っているものの、いまだに客の手が肌に触れると鳥肌が立つハルである。

だが今、ウィルフレッドの体温を仄かに感じているのは、少しも不快でなく……むしろ、心地よかった。凍りついていた心が、じんわりと溶かされていくような心地よさを覚える。

いつしかハルは、うっとりと目を閉じていた。

髪の毛越しではなく、直接ウィルフレッドを感じたい。

そんな思いに突き動かされ、ハルは無意識に顔を動かし、ウィルフレッドの手のひらに、そっと頰を押し当てた。

ぴくっと動きを止めた大きな手が、やがて戸惑いながらもハルの頰を包み込む。かさついた親指の腹が、優しく肌を撫でた。

ただそれだけの小さな触れ合いなのに、ハルの胸は得体の知れない温かなもので満たされていく。

（なんだろ……この感じって。すごく気持ちよくて……ホッとする）

親のないハルには、それこそが「慈しまれている」という感覚なのだと認識することができなかった。それでも、初めて味わう安心感と喜びに、薄い瞼が震える。

ウィルフレッドもまた、不思議な感動を覚えていた。

この街に来て以来、自分から生きた人間の肌に触れるのは初めてのことだったのだ。死人の硬く冷たい皮膚とは違い、ハルの頬は小動物めいた優しい温もりに満ち、ウィルフレッドの手のひらに吸いつくような滑らかさだった。

自分の手に頬を預け、安心しきった顔をしているハルを、ウィルフレッドは初めて愛《いと》おしいと思った。

一言えば十返すほど威勢がよくて、ズケズケと思ったことを言うが、ハルはまだ十六歳で、しかも天涯孤独なのだ。

自分には母親に愛された記憶があるが、ハルにはない。その寂しさは想像にあまりある。だからこそ、彼はこのささやかな「隠れ家」とそこで過ごす時間を、こうまで大事に思うのだろう。

(守ってやりたい……)

そんな思いに突き動かされ、ウィルフレッドはいつしかごく自然に顔を近づけ、薄く開いたハルの唇に自分の唇を重ねていた。

「……ぁ……」

ハルは小さな驚きの声を上げ、薄く目を開いた。だが、ウィルフレッドを突き飛ばす気にはなれなかった。

ただ触れるだけのキスは欲望ではなく、穏やかな愛情をハルに伝えてくる。そんなキスを、ハルはこれまでただの一度も与えられたことがなかった。

「……ん……」

離れてはまた触れてくる唇はどうしようもなく優しくて、ハルは初めて、キスが心地よいと感じた。

もっと温もりがほしくて、両手がウィルフレッドの首に回される。

「……ッ！」

だが、その感触に、ウィルフレッドはハッと我に返った。動揺したせいで互いの歯が軽く当たり、ハルはパチリと目を開く。

「あ……！」

二人は同時に軽くのけ反り、身体を離した。

「す……すまん！」

「あ、いや……ええと」

「……その……」

あからさまに狼狽《ろうばい》して、ウィルフレッドは赤い顔でハルに謝った。

「すまない！　こ、こんな不埒《ふらち》な真似をするつもりは」

「……わかってるよ。何かの弾みだろ？　俺もだってての」

大人の男に少年のように恥じらわれては、ハルのほうもどうにもきまりが悪く、もじもじしてしまった。心臓が、ドクドクと口から飛び出しそうに激しく脈打っている。

「と、と、と、とにかくだ」

ゴホンと咳払いして、ウィルフレッドはまだ赤い顔で早口に言った。

「この屋敷では、髪を隠す必要はない。だいたい、せっかくフライトの服を着ていても、頭をそんなボロで覆っていては、少しも小綺麗に見えないぞ」

「ちぇっ、どうせ……」

口を尖らせながらも、この少々気まずい状況では、話題転換は何よりありがたい。ハルはホッとして、手首に巻いていた革紐《かわひも》を外した。その紐で、長い髪をうなじで一つにまとめようとする。

それを見ながら、ウィルフレッドはどうにか気持ちを落ち着けようと、もうすっかり冷えてしまった茶を飲み干した。

まだ混乱する心を必死で鎮め、こんなことではいけないと自分を叱りつける。

守ってやりたい気持ちに偽りはないが、それはハルを自分のものにするという意味ではないはずだ。

（そうだ。ハルにはハルの進みたい道があるはずだ。俺がすべきことは、ハルに夢を追わせてやること……）

ウィルフレッドはカップを置き、ハルを見た。

少年は、上手く髪が結べずに、後ろ手で四苦八苦している。

さっきハルがキスに応《こた》えたのは、おそらく優しさと思いやりに飢えているから、ただそれだけの理由なのだろう。

相手は自分でなくてもいい。ただ、親のように彼を守り、温かな愛情を注いでくれる誰かを求めているだけなのだ。……ウィルフレッドはそう思った。

そして、そんな彼の弱いところに、結果的につけ込んでしまった自分に激しく嫌悪を覚えた。

さっきハルにキスしたのは、決して肉欲からではない。それでも、愛情を与えるつもりでしたキスは、ひどく甘かった。ハルが抱きついてこなければ、もっと激しくやわらかな唇を貪っていたかもしれない。自分から、細い身体を強く抱きしめてしまっていたかもしれない。

(俺は、ハルに惹《ひ》かれ始めている……)

ウィルフレッドは、自分の中にある衝動に戦慄《せんりつ》した。

このままハルが傍にいれば、その想《おも》いは次第に育ってしまうだろう。いつか、ハルを欲望の対象として見ずにはいられない日がやってくる。

そのときハルは……感謝の念から、あるいは唯一安らげる場所を失うのが怖くて、自分を拒まないかもしれない。

そんなことになれば、夢を追わせてやるどころか、自分も結局、ハルを借金で縛っている酒場の店主と同じような存在になってしまう。

「いけないいな……こんなことでは」

そんな呟きに、ようやく髪を結ぶことができたハルは、革紐の結び目を整えながら、上目遣いにウィルフレッドを見た。

「何？　何か言った？」

「いや。……ハル、お前の夢はなんだ？」

「……なんだよ藪《やぶ》から棒に」

ハルはうっすら赤みの差した唇をへの字に曲げたが、さして考えずに答えた。

「借金返せたらさ、今度こそ料理人になりたいな。できたら外国語も勉強して、よその国の料理の本を読めるようになりたい。……で、働いて金を貯めて、いつかは故郷を探す旅に出たいな」

「……ずいぶん盛りだくさんだな」

「そりゃ夢だからな。たくさんあったってべつにいいじゃん。……まあ、借金返すのもひと苦労で、今は夢どころじゃないけどさ」

屈託なく笑うハルに、ウィルフレッドは静かに言った。

「お前はいつか言ったな。同情などいらないと」

「ウィルフレッド？　どうしたんだよ、いきなり」

ハルはウィルフレッドの胸中をはかりかね、首を傾げる。

頰にかかる黒髪を見ながら、ウィルフレッドは真摯《しんし》な口調でこう続けた。

「だが、お前はもうすっかりこの屋敷にも俺にも馴染みの人間になった。偽善でもいい。俺はひとりの人間として、同じ人間のお前を助けてやりたいと思う」

「……ウィルフレッド……」

いっぱいに見開くハルの黒い瞳に、ウィルフレッドは自分の陰鬱《いんうつ》な顔が映っているのを見ながら告げた。

「お前が受け入れるなら、借金の肩代わりをしてやってもいい。この屋敷で、お前がしたいことがあるなら、なんでもするがいい。俺に与えられるものなら、なんでも与えてやる」

「……何をいきなり……」

ハルは唖然としたが、ウィルフレッドは冷たい声で話し続けた。

「だが、お前はいつまでもこの屋敷に入り浸るべきではない。ここはお前の永住の地ではないんだからな。……得たいものを得たら、ここにはもう足を向けるな」

それは、ウィルフレッドにとっては心からの忠告だった。

自分に恩や義理を感じることなく、ただここでの経験を、今のつらい生活から抜け出す足がかりにすればいい。

自分がハルに対する想いを抑えきれなくなる前に、自由に羽ばたいていってほしい。そんな気持ちの表れだった。

だが、その言葉はハルに大きなショックを与えた。それまでの笑顔はどこへやら、彼は突然激怒したのである。

「馬鹿野郎ッ！」

「な……」

「あんた、俺のことそういうふうに思ってたのかよっ！　馬鹿にすんな！」

「……ハ、ハル？」

いきなりの怒号に、ウィルフレッドはただ驚いて目を見張るばかりである。両手でテーブルを乱暴に叩いて、ハルは怒鳴った。

「俺、最初に言ったろ、何かタカリに来るんじゃねえって！　ただ料理教わりたいんだって！」

「だから、したいことをし、得たいものを得るがいいと言っているだろう」

「違うんだって！　最初はそうだったけど……！　いや、今だって料理教わるのすげえ楽しいけど、それだけじゃなくて、俺は！」

「なんだ」

「俺、ここに来て、家にあんたがいると何かすごく嬉しくて……」

「ハル……？」

　ウィルフレッドは、ただ呆然として少年の顔を凝視している。ハルは、顔に血が上るのを感じつつ、不覚にもこぼれそうになる涙を必死で堪《こら》え、震える声で言った。

「俺……俺、いつからかはわかんないけど……でも、いつの間にか、料理作るだけじゃなくて、それをあんたに食ってもらうのが楽しみになってた。あんた何も言ってくれないから、顔見て、今日のはよくできたかな、それとも駄目だったかなっていろいろ考えるのが、けっこう楽しかったんだ」

「…………」

「あんたと二人で喋ったりすんのもさ。たいてい俺が喋るばっかで、あんたは相槌《あいづち》打つばっかだったけど、でも何度も会ってりゃ、だんだん口数だって増えてくるし、あんた、たまにだけど笑ってくれるようになったし。仕事手伝ったら喜んでくれるし……」

　ちょっと言いよどみ、ハルは恨めしげにウィルフレッドを見た。その黒い瞳に、今にも溢れそうに涙が溜まっているのに気づき、ウィルフレッドはハッとする。

「ハル、お前……」

「あんた、いつだってひとりだから……きっと寂しいだろうなって思って。俺がいて、ちょっとは寂しいの紛れるのかなって、俺勝手に思ってて！　俺、ほかにあんたに恩返しできることないだろ。だから……でも、それをあんたは、俺があんたにへつらってるって思ってたんだ。さっきキスしたのだって、あんたに取り入って、何かもっとしてもらおうとしてるって、そう思ってたんだな！」

「それは誤か……」

「俺が馬鹿だったよ。ちゃんと人間扱いされてるなんて思い上がっちゃってさ。結局、生まれがスラムでも、今のあんたは貴族様なんだよな。俺のこと、そんなふうに見下してたんだ。俺がまとわりつくの、鬱陶しかったんだろッ」

「ハル、それは違う。俺は……」

「くそっ、見損なうなよな！　もういいよ、もう二度とこんなとこ、来ないッ！」

「ハルッ！」

「旦那様、いったいどうなさ……ぐっ」

騒ぎを聞きつけて飛び込んできたフライトを押しのけて、ハルは部屋を飛び出していく。軽くよろめきつつも、フライトはどうにか体勢を立て直し、ただ愕然《がくぜん》として立ち尽くす主人に問いかけた。

「如何なさいました？　ハルが何か無礼なことでも？」

「……いや……」

半ば魂が抜けたように呟き、ウィルフレッドは窓に歩み寄った。ものすごい勢いで屋敷から走り出ていくハルの小さな背中が見える。

「無礼なのは……俺のほうだったようだ。だが、そんなつもりで言ったわけじゃない。傷つけるつもりは少しも……」

要領を得ないウィルフレッドの言葉に、フライトは眉をひそめる。

「旦那様？」

「………フライト」

途方に暮れた顔でハルが見えなくなるまで見送っていたウィルフレッドは、やがて執事に向き直った。

「はい」

「俺は、言葉が足らないか？」

フライトはほんの五ミリほど右眉を上げ、落ち着き払った口調で答えた。

「饒舌《じょうぜつ》すぎるということはないように思いますが」

「……ならば、俺は寂しそうか？」

「は？」

冷静沈着な執事も、この質問には意表をつかれたと見え、明るいブルーの目を見張る。

「ハルはいったい何を？」

「俺が寂しそうに見えたと。……あいつがいることで、少しは寂しさが紛れているのではないかと思ったと。そう言っていた」

「……旦那様がお寂しいかどうかはわかりかねますが、確かにハルと話しておられるときの旦那様は、楽しそうだとお見受け致しました」

フライトの返事は明快だった。ウィルフレッドは、深く嘆息する。

「何が起こったのか、わたしには判じかねるのですが、旦那様」

「……俺はどうやら、ハルに心惹かれているようだ」

何を今さら、と喉元《のど》までこみ上げてきた言葉を、執事は無表情のままで飲み下す。

そんなことは、ハルがいるときといないときの笑顔の数を比べれば、疑うまでもない。知らぬは本人ばかりなりだ……と主人の朴念仁ぶりを心の中で嘆きつつ、フライトはポーカーフェイスで先を促した。

「さようでございますか。それが何か？」

「だから、その想いを抑えきれるうちに、ハルを手放そうと思った。でなければ、今度は俺がハルをここに縛りつけてしまうことになる。だが、どうにも言い方が悪くて、あいつを怒らせてしまったようだ」

「……なるほど」

扉の外で漏れ聞いた最後のやりとりを思い出し、フライトはようやくことの成り行きを推測することができた。

言葉の足らないウィルフレッドと、まだ年若いだけにその言葉の底にある真意を探ることのできないハル。

お互い真面目な質だけに、ちょっとした心の行き違いで、事態が一気に深刻なことになってしまったのだろう。

(まったく。この方にお仕えする限り、痴話喧嘩《げんか》の後始末など、不要だと思っていたのにな)

そんなことを思いつつ、フライトは口を開いた。

「僭越《せんえつ》ながら申し上げると、旦那様に足りないのは言葉ではなく……人の心を慮《おもんぱか》ることだと思いますが」

「……人の心を……慮ること?」

これまで見たことがないほど困惑した表情で、ウィルフレッドはフライトを見る。フライトは背筋をピンと伸ばし、あくまで礼儀正しく言った。

「旦那様がハルのことを真摯に思いやっておられることは存じておりますが、その一方で、ハル自身の気持ちをお確かめになったことがないのでは?」

「……それは……」

「ハルは、見かけは幼くても、もう十六です。自分の心に、自分で責任の持てる年齢ですよ」

「……子供扱いしすぎたということか」

「庇護してやりたいというお気持ちが、少し先走りすぎただけだと存じます。ただ、それをすぐに理解するには、いささかハルは幼すぎるのかもしれません」

「謝って、きちんと説明しなくてはならないな。……また、来るだろうか」

ウィルフレッドは不安げに呟く。

「頭が冷えたら、きっと戻って参りましょう。あまりご心配なさらぬほうがよろしいかと。それより、警察から使いの方が見えておられますが、そろそろお通ししてもよろしゅうございますか？」

「……あ、ああ。すぐに書斎のほうに」

「かしこまりました。……出すぎたことを申しました。お許しください」

軽く頭を下げ、執事は静かな靴音を立てて食堂を出て行く。

「……ハル……」

きっと今頃、冬の風に顔を真っ赤にしながら、ハルはオールドタウンに向かってすごい勢いで歩き続けているだろう。

その姿を頭から払いのけられないまま、ウィルフレッドは力なく頭を振り、客人を迎えるべく書斎へと向かったのだった……。

その日を境に、あれほど毎日のように入り浸っていたハルが、ぱったりと屋敷に姿を見せなくなった。

あからさまに言葉に出しはしなかったが、ブリジットやポーリーンはどこか寂しそうにしていたし、ダグも、ハルが姿を見せないかと、屋敷の裏口に立って外を眺めていることがたびたびあった。

ただ、執事のフライトだけは、いつもと変わらぬ様子で、淡々と日々の仕事をこなしていた。

＊　＊

ハルが来なくなって初めて、ウィルフレッドは、ハルの存在が自分の中でいかに大きくなっていたかを自覚した。

仕事から戻り、使用人たちからその日にハルのしでかしたさまざまな出来事を聞くこと、あるいは自宅でハルの賑やかなお喋りを聞きながら、煩雑な検死報告書を作ること。

そんな行為が、いつしか彼にとって「日常」になっていた。

少年の不在が、ひどく心に痛い。ふと気を抜いたとき、今頃あれはどうしているのだろうかと、ハルのことばかりが気にかかる。

検死業務で疲れ果てているのに寝つけない夜更け、ハルの住むオールドタウンの灯《あか》りを遠くに見渡しつつ、ウィルフレッドはただひたすらに、ハルが戻ってくるよう祈った。

そして、ハルが姿を消して十日目。

温暖なマーキスにしては珍しく、夜半過ぎから降り出した雪がうっすらと積もり、ひどく寒い朝のことだった。

仕事も入っていないのに、なぜか早々に起き出したウィルフレッドは、朝食のテーブルに着こうともせず、憤然と言った。

「出かける」

「…………」

給仕していたポーリーンがギョッとした顔をするのを、フライトは手ぶりで食堂からさがらせた。そして、だだっ広い部屋に二人きりになってから、強張《こわば》った顔のウィルフレッドに近寄った。

「旦那様？　如何なさいました」

「十日だ」

「はい？」

「ハルが屋敷を飛び出してから、今日で十日になる。……もう待てない。出かける！」

「お、お待ちください、旦那様！」

そのまま食堂から歩み去ろうとしたウィルフレッドの前に、フライトは慌てて両腕を広げ、立ち塞《ふさ》がる。

「どけ、フライト。悪かったのは俺だ。俺はハルのもとに謝罪に出向く」

「どうか落ち着いてお考え直しください、旦那様。このお屋敷の中でしたら、何をなさろうと何も申しませんが……」

「何を考え直せというんだ」

「ご立派な立場の方が、オールドタウンの、しかも男娼に頭を下げるために出向かれるなど、あってはならないことです。そんな噂が上に届けば、市議会議長様のご不興を買いましょう」

ウィルフレッドは、執事が初めて見る思いつめた表情で、キッパリと宣言した。

「誰の不興を買おうと、かまうものか。一度の過ちは誰でも犯すとしても、二度繰り返すのは度しがたい阿呆《あほう》だけだ。俺は、二度と人の道を踏み外すようなことはしない」

「……旦那様……」

「着替えて出かける。馬車の用意を頼む」

執事の返事を待たず、ウィルフレッドは足早に食堂を出て、自室へと向かった。

身支度を調えて玄関を出ると、そこには辻《つじ》馬車が待っていた。

雪は雨に変わっており、外套の上から、冷気が刺すように染み込んでくる。馬車に繋《つな》がれた二頭の馬たちは、白い鼻息を盛んに吹き上げ、低くいなないた。

立派なものではないが、ウィルフレッドは馬車を所有している。なぜわざわざ辻馬車を……と不思議に思っていると、屋敷の脇から出てきたのは、初めて制服以外の服装をしているフライトだった。

「……フライト？」

やけに派手な紫色のジャケットを着込んだフライトは、ウィルフレッドを馬車に乗せ、自分もその向かいに乗り込んだ。天井を叩いて御者に合図すると、馬車は石畳を鳴らして走り出す。フライトはすぐに、馬車の窓に覆いをかけてしまった。

「いったいこれは……」

「紋章入りのお屋敷の馬車を使えば、旦那様だと気づく人間が増えます。辻馬車なら、その心配がありませんから」

「……なるほど。それはともかく、お前はいったい……」

いつもは取り澄ました表情を崩さない執事は、初めてちょっとくだけた笑みを見せて言った。

「今のお屋敷は、わたしにとって居心地のいい場所なんです。それに、使用人にあるまじき

罪を犯して追放されたわたしを、旦那様は拾ってくださいました。……そのご恩をお返しし、同時に自分の職場を守るためにも、お供致します」

「フライト……」

四十を過ぎた今でも十分すぎるほど甘い顔立ちのフライトは、おどけた仕草でジャケットの襟をヒラヒラさせてみせた。

「この服はわたしの趣味でもありますが、わたしがこれだけ目立っていれば、旦那様への注目も少しは薄れましょう。……これを」

フライトがジャケットの内ポケットから取り出したのは、つばの広い帽子だった。

「その御髪《おぐし》は目立ちます。目深に被っておいてください」

「やけに、この手のことに慣れているな」

怪訝そうにそう言いながら、ウィルフレッドは素直に帽子を被った。そうしてコートの襟を立てれば、銀髪も暗青色の目も隠すことができる。

「ご存じのとおり、しばらく娼婦のヒモ暮らしで、オールドタウンにおりましたから。蛇の道は蛇というやつです」

片目をつぶってそう言ったフライトは、すぐに真顔に戻り、ウィルフレッドのほうに身を屈《かが》め、言った。

「オールドタウンには、オールドタウンの流儀がございます。あまり目立つ行動はなさらず、っと目を閉じ、何か考え込んでいた。
暗い馬車の中、ウィルフレッドは厳しい面持ちで沈黙し、派手な服に身を包んだ執事はじ
「……わかった」
万事わたしにお任せを」

オールドタウンの入り口で馬車を降りた二人は、徒歩でハルの職場である「牡鹿の首亭」に向かった。

客の少ない午前中を狙って出かけたので、ハルに初めて会ったときのように、店内はガランとしていた。ただ数人の客だけが、店の隅でカードばくちに興じつつ、酒を飲んでいる。

「いらっしゃい。なんにしますかね、ご立派な旦那方」

ガラガラ声でそう言ったのは、カウンターに立つ中年男だった。二人はカウンターに近づく。先に口を開いたのは、ウィルフレッドだった。

「お前が店主か。ハルはいるか」

その問いに、ガタガタに歯が欠けた人相の悪いその男は、手入れされていない顎鬚《あごひげ》を触り、ニヤリと笑った。

「なんです、朝から男目当てかね。またまた、お好きだねえ」

「……っ!」

ムッとして何か言いかけたウィルフレッドを片手で後ろに押しやり、フライトは口角を吊り上げ、ニヤリと笑って言った。

「紳士にも、息抜きが必要ってことさ。うちの旦那はハルがすっかりお気に入りでね。どうだい？　朝なら、部屋も空いてるんだろう？」

いつもの執事とまったく違うヤクザっぽい口調に、ウィルフレッドは面喰《めんく》らって絶句する。

店主は、下卑た笑いでウィルフレッドを見やり、肩を竦めた。

「部屋は空いてるんですがねえ。肝心のハルが取り込み中で。お生憎《あいにく》さま」

「取り込み中？　誰かの相手か？　チップを弾むから、こっちに回してくれよ」

フライトはカウンターに片手をつき、主人に身体を近づけて、金を意味する手真似をしてみせた。ハルがこんな朝っぱらから客を取っていると知らされ、ウィルフレッドは無意識に両手の拳を固く握りしめる。

店の主はいかにも残念そうに首を振った。

「そいつぁありがたい申し出なんだがね、旦那。あいつはもう戻ってきませんぜ」

「それはどういうことだ！」

驚いて声を荒らげるウィルフレッドに、店主はうんざりした顔で店の一角を指さした。見れば、小さな窓ガラスが割れ、布が張りつけてある。そしてその傍の壁には、壊れたテーブルが立てかけてあった。

「ハルの奴、ここんとこやたら荒れててね。一昨日《おととい》の夜、酔った客に絡まれて、その顔に唾吐きかけやがって。質の悪いヤクザに、喧嘩をふっかけたんでさ」

「それで!?」

「あのちっこい身体で大立ち回りしやがって、店を壊されてこちとら大迷惑……」

「そんなことはどうでもいい！　ハルはどうなったんだっ」

　ウィルフレッドは店主の襟首を片手でぐいと引っ摑む。店主はその気迫に押され、掠れた声で答えた。

「け、結局、三人いたそのヤクザ者たちに連れてかれちまいましたよ。ありゃ、今頃もうやり殺されて、どっかに捨てられてんじゃねえですかね」

「なんだと……」

「こっちだって、高い金出して買った男娼を連れてかれちまって、大損なんですよ。けど、商売できなくされるほうが困るもんで、涙を呑んで見送ったってわけで。いやさ、旦那方、男はハルしかいませんが、女はいいのがいますから。紹介しますぜ、うちのとびきりの……」

「……どこだ」

　店主の取りなしを遮り、ウィルフレッドは押し殺した声で訊ねた。

「は？」

「ハルを連れ去った奴らは、今、どこにいる」

暗青色の鋭い双眸《そうぼう》が、怒りに燃えている。店主は怯えたように、襟首を掴まれたままかぶりを振った。

「あ、あああああっしは知りません」

「あのガキなら、俺ん家の向かいの家に連れ込まれたぜ。大騒ぎだったから女房と二人、窓から見てたんだ」

不意に会話に割り込んできたのは、店の片隅で酒を飲んでいた客のひとりだった。手の中のカードを選びつつ、その男は銅鑼《どら》声で言った。

「ずいぶん可愛《かわい》がられてんじゃねえの？　昨日の夜中まで、時々悲鳴が聞こえてた。迷惑したぜ、うるさくて眠れねえって女房の機嫌が悪くてよ」

「ほう。あんたの家は？　……ありがとう、助かった」

フライトは男に歩み寄り、彼の自宅の場所を聞き出すと、机に銅貨を一枚置いた。そして、ウィルフレッドを見て言った。

「行きましょう。まだ間に合うかもしれません」

「だ、旦那方、ハルを取り戻してくださるんで？　いやあ、もし生きて戻していただけるんなら、一晩や二晩、貸し切りで……」

「黙れ」

店主を荒々しく解放したウィルフレッドは、怒りに掠れた声で言った。

「あいつを金貨五枚で買ったそうだな」

「は、はあ。よくご存じで、旦那」

「なら、金貨二十枚で、俺があいつを買い取る。異存はないな？」

「に、にじゅうまい……！」

「売買の……あいつの借金の証文を出せ」

大枚を突きつけられ、舞い上がった店主は、一も二もなく店の奥からハルの借用証書を持ってくる。それを引ったくったウィルフレッドは、カウンターの上に金貨を荒々しく叩きつけた。けたたましい音を立てて、床の上に金貨が散らばる。

「あいつは二度とここには戻さない。……行くぞ、フライト！」

「はい」

床に這《は》い、金貨を必死で拾い集める店主に背を向け、主従は酒場から飛び出した。

「こちらです」

客から教えられた家に向かいつつ、フライトは厳しい声で言った。

「旦那様、わたしの申し上げたことをくれぐれもお忘れなく。相手は気の荒い連中です、早まったことは……」

「わかっている！」

（ハル……どうか、無事でいてくれ……）

走り出したい気持ちを抑え、降りしきるみぞれ交じりの雨の中、ウィルフレッドは行き交う人々の中を足早に歩き続けた……。

2

「どうやらこの家のようですね、旦那様《だんなさま》」

執事フライトが足を止めたのは、オールドタウンでも、特に貧しい一角だった。建物は傾《かし》ぎ、壁土が崩れてその下の割れた煉瓦《れんが》が剝《む》き出しになっている。

「よし、行くぞ」

「お待ちください！」

なんの躊躇《ちゅうちょ》もなく家に入ろうとするウィルフレッドを、フライトは慌てて制止した。

「相手は荒くれ者たちです。ここは一度出直して、エドワーズ警部にご助力をお願いしたほうが賢明かと」

「そんな余裕があるか！　ハルが連れ去られてから、もう二晩過ぎているんだぞ！」

「ですが」

「俺は行く！　お前は助けでもなんでも呼びに行くがいい」

そう言い捨て、ウィルフレッドはいきなり扉を蹴《け》りつけた。立てつけの悪い木の扉は、容赦ないブーツの一撃でがたりと外れる。

「なんだ、とんでもねえ音立てやがって……おっ？　誰《だれ》だ、てめえは」

物音に気づき、階段の上に大男がひとり姿を現した。見るからに、カタギではない荒々しい凶相をしている。だがウィルフレッドは、少しも怯《ひる》まず怒鳴った。

「ハルはどこだ！」

「ハル？　そんな奴なんざぁ……」

大男は目を眇《すが》め、突然の乱入者を訝《いぶか》しげに見たが、すぐに「ああ」と厚い唇を歪《ゆが》め、嘲《あざけ》るように言った。

「ああ、あのガキか。ここにいるぜ。生きてるかどうかは知らんがな」

「……くそっ！」

ウィルフレッドは階段を駆け上がった。男を押しのけるようにして、奥の部屋になだれ込む。

「……ッ！」

ウィルフレッドも、すぐに追いついてきたフライトも、部屋に一歩入るなり凍りついた。

室内はガランとしていて暖炉もなく、凍えるほど寒かった。せめてもの防寒のために、床には藁《わら》が敷きつめられている。

その床の上に、ハルが倒れていた。全裸でしどけなく横たわる彼の全身には、一目見ただけでも明らかな陵辱の痕跡《こんせき》があった。

「ハルッ!」

ウィルフレッドの呼びかけにも、ハルの身体《からだ》はピクリとも動かない。

頭上に荒縄できつく縛られた少年の両手首は惨《むご》たらしく傷つき、周囲の藁を赤く染めていた。長い黒髪は乱れて広がり、血の気のない顔を半ば覆い隠している。

そんなハルを打ち捨て、屈強そうな男が二人、木箱に腰かけて朝から酒を呷《あお》り、カード遊びに興じていた。

おそらく、港にたむろする日雇い荷運び人か、用心棒だろう。男たちは、腰に棍棒《こんぼう》や大きなナイフをこれ見よがしに提げていた。

「なんだぁ、てめえらは」

男たちは訝しげに首を巡らせる。

「貴様ら……」

ウィルフレッドは、怒りで強張《こわば》った顔を二人の男に向けた。その背後から、さっき階段まで出てきていた男が言葉を放つ。

「こいつ、そこのガキのイロだってよ。今さら来たって遅《おせ》ぇよな」

それを聞くなり、二人の男もゲラゲラ笑い出した。

「遅ぇ遅ぇ。なんせ、俺たちが二晩たっぷり楽しんだあとだ。当分使い物にならねえよ」

「そういや、さっきから動きゃしねえなあ。もう死んじまってんじゃねえか」

「…………ッ」

ウィルフレッドは歯を食いしばり、拳《こぶし》を固く握りしめる。それを見て、男たちは卑しい笑いを浮かべたまま立ち上がった。

「ハルを返してもらおう」

端正な顔を強張らせつつも、ウィルフレッドは努めて冷静にそう言った。だが、男たちは太い指を鳴らしながら、口々に言った。

「冗談言ってやがるぜ」

「まだまだ楽しみ足らねえなあ」

「ただじゃ返せんな。何しろこのクソガキにゃ、不愉快な思いをさせられたんでな」

「こんな真似《まね》をしておいて、まだ足りないというのか！」

「ああ、足らないね。……わかってんだろ、旦那。見たとこ、ずいぶん羽振りがよさそうじゃねえか」

「ガキの面倒を、二晩も見てやったんだ。子守代をたっぷり弾んでもらうぜ」

ウィルフレッドは、険しい眼差《まなざ》しで男たちを睨《ね》めつけた。背後からフライトが囁《ささや》く。

「旦那様、ここは一つ……」

その声音から、執事がこの場は金で解決するよう勧めていることが知れる。だがウィルフレッドには、ハルを虐待したことを容認するような行動をとる気は毛頭なかった。

「断る」

「旦那様ッ」

「なんだと、この野郎。気取り腐った態度とりやがって！」

「ここはオールドタウンだぜ。お貴族様の流儀は通用しねえってことを教えてやろうか」

フライトは青ざめ、男たちはいきり立つ。だが、猛々《たけだけ》しい三人の男たちに囲まれても、ウィルフレッドは少しも動じなかった。

「フライト。お前はハルを」

「は、はい」

心配そうに主《あるじ》を見遣《みや》りつつも、忠実な執事は床に倒れ伏したハルの傍《そば》に駆け寄る。

それを視界の端で見届けて、ウィルフレッドは暗青色の目に怒りを滾《たぎ》らせ、ジャケットの内ポケットに指先を滑り込ませた。

「なんだ、やる気か！」

「素直に金を出してりゃいいものをよ」

「ガキと一緒に、カナの港に浮かべてやるぜ！」

口々に罵《ののし》りの言葉を吐き、男たちはナイフや棍棒を振りかざし、ウィルフレッドに襲いかかろうとした。

そのとき、ウィルフレッドは素早くポケットに差し入れていた右手を引き抜いた。その手に握られていたのは、小さいが極めて鋭利な刃物……愛用のメスだった。

「なんだぁ、そのチンケな刃物は。そんなんじゃ、俺たちの分厚い面の皮は剝《は》げねえぞ」

男たちの笑いが室内に響く。だがウィルフレッドは、冷ややかに口を開いた。

「切れ味は、刃の大小に関係ない。このメス一本あれば、お前たちのたるんだ腹を切り裂き、やわらかいはらわたを引きずり出すことなど容易《たやす》いぞ。……なんなら面《つら》の皮も、頭から首まで一続きで剝いでやろうか。酒場の壁に飾れば、さぞ映えるだろう」

貴族然としたウィルフレッドの口から出た物騒な台詞《せりふ》に、男たちはたじろぐ。ウィルフレッドの顔をしげしげと見た男のひとりが、うっと奇妙な喉声《のどごえ》を上げた。

「げっ。その面、てめえ、まさか……」

ウィルフレッドはメスを構えたまま帽子を脱ぎ捨て、押し殺した声で告げた。

「俺はウィルフレッド・ウォッシュボーン、検死官だ。『北の死神』と呼ぶ者もいる」

男たちの喉がヒッと鳴った。

「き、北の死神！　やばいぜ。こいつ、本物の死神って噂《うわさ》だ！　角のばあさんが、こいつとすれ違っただけで胸が痛くなったらしい」

「そ、そういや……酒場でも噂を聞いたことがあるぜ。目が合っただけで身内に死人が出たとか、こいつを見かけただけで、滑って転んで骨折ったとか」

男たちはウィルフレッドの素性を知るなり鼻白み、互いに顔を見合わせて後ずさった。ひとりなどは、太い指で宙に女神ネイディーンの印を描く。魔よけのつもりなのだろう。

雇い主のあまりの評判に心の中で苦笑いしつつ、フライトはハルを抱き起こし、剝き出しの胸に耳をつけた。弱々しいながらも、確かな心臓の鼓動が聞こえる。

「旦那様。まだ息はあります」

フライトはジャケットを脱ぎ、ハルの裸体をくるんでやりながらウィルフレッドに声をかけた。メスを構えたまま振り返りもせず、ウィルフレッドは鋭い声で言った。

「行け」

「はいっ」

フライトはハルを抱き上げ、部屋を出る。

「二度とあいつにかかわるな。北の人間の俺には、ネイディーンの力など通用せん。次に会ったときが、お前たちの最期だと思え」

男たちの予想外の怯《おび》えようをとっさに利用して、ウィルフレッドはそんな脅し文句を口にした。

「けっ、と、とっとと失《う》せやがれ！　けったくその悪い」

「そっちこそ二度と来んなッ！」

そんな男たちの罵声《ばせい》を背中に聞きながら、フライトのあとを追って階段を駆け下りる。

フライトは、建物から少し離れた小さな広場で待っていた。その腕には、意識がないハルが抱きかかえられている。両手を縛っていた縄は解かれ、傷ついた手首から地面にぽつぽつと血が滴っていた。

「どうだ」

「かなり衰弱しているようです。わたしは先に行って馬車を呼んできます」

ハルの小さな身体をウィルフレッドに託し、フライトは身軽に駆け出していく。

ハルの身体は氷のように冷たく、頬《ほお》や目元は赤黒く腫《は》れ上がっていた。抵抗して、こっぴどく殴られたのだろう。

「……すまない、ハル……」

凍《い》てつく冬の空気から消えそうな命を守るべく、ウィルフレッドはハルを固く抱きしめた……。

首尾よくつかまえた辻《つじ》馬車の中で、フライトは意地の悪い笑みを浮かべて主を見た。

「お見事でしたね、旦那様」

ハルをしっかりと抱いたウィルフレッドは、憮然《ぶぜん》とした顔つきで呟《つぶや》いた。

「まさか自分が、あそこまで忌み嫌われているとは思わなかった」

それを聞いた執事は、呆《あき》れ顔をした。

「ご自分で自らを『死神』呼ばわりしておいて、何を落ち込んでおられるのですか」

「俺だって、町の噂くらいは知っている。だが、ああまで本気で怯えられては……」

「皆が皆ではありますまい。荒くれ者ほど、実は肝が小さいのですよ」

「もしや、お前や屋敷の者たちも、俺を死神だと思っているのか？」

「まさか。たとえそうであったとしても、死神にお仕えしていれば、そのあいだは死にそうにありません。どこより安全な働き口です」

執事のやんわりした皮肉に、ウィルフレッドはムスッと黙り込む。その腕の中にいるハルの顔を覗《のぞ》き込み、フライトは言った。

「運の強い子だ。あんな男たち三人がかりで二晩もいいようにされては、とっくに死んでいてもおかしくありません」

「だが、かろうじて生きているという有様だ。早く帰って処置してやらなくてはな」

「おや？　全身傷だらけとはいえ、まだ旦那様の出番ではないように思いますが……」

「馬鹿、検死の話をしているんじゃない。俺はもともと外科医だ！」

「そういえばそうでしたか」

飄々《ひょうひょう》とした冗談を口にする執事を呆れ顔で見遣り、ウィルフレッドは深い溜《た》め息《いき》をついたのだった。

「……う……ん……？」

目を覚ましたとき、ハルは見慣れない部屋にいた。寝かされているのは、大きなベッド。四隅には凝った彫刻の施された支柱があり、天蓋《てんがい》は濃いブルーのベルベットだ。

室内は薄暗い。早朝か夕刻なのだろう。

「どこだよ、ここ……つぅッ！」

半ば夢うつつのまま起き上がろうとした少年は、頭を少し浮かせただけで全身に走った痛みに悲鳴を上げた。

「く……う、ぅ……」

やわらかなベッドに倒れ込み、ハルは呻《うめ》いた。身体じゅうが熱っぽく、じっとしていても、あちこちが疼《うず》く。

そのとき、扉が開く静かな音がした。

「おや。ようやく目が覚めたかね」

「……あ……」

ベッドの傍まで来て囁き声で話しかけてきたのはフライトだった。そこでハルは、自分がウィルフレッドの屋敷にいることに気づく。

「フライトさん？　俺……」

ようやく絞り出した声はひどく嗄《か》れていて、息をするたび、喉がひゅーひゅー鳴った。

「しっ」

なぜ自分がここに、と問いつめようとしたハルを黙らせ、フライトは悪戯《いたずら》っぽい表情でベッドの片隅を指さした。

訝しげに首を巡らせたハルは、ハッと目を見張った。大きなベッドの端っこに、椅子《いす》にかけた男が突っ伏して眠っていたのだ。

白いシャツの大きな背中、そして乱れた短い銀色の髪。

「まさかウィルフレッド……？　な、なんでこんなとこで寝てんだよ」

常に冷静な執事は、サイドテーブルの水差しからグラスに水を注いだ。そして意外なほど強い片腕でハルの身体を支えると、グラスをハルの口元にあてがった。

「飲みなさい。気持ちが落ち着く」

「ん……」

ハルは両手をグラスに添え、ごくごくと貪《むさぼ》るように水を飲んだ。冷たい水が、熱で乾いた身体にたちまち染み渡っていく。

「……ふう……」

思わず溜め息をついたハルからグラスを取り上げ、再び寝かせてから、フライトは小さな咳払《せきばら》いをした。

「馬鹿をやったものだ。その報いは十分に受けたようだが」

「お、俺……」

「酒場の主人からお前が災難に巻き込まれたことを聞き、旦那様と二人して、お前が監禁されていた建物に押し入ったのだよ」

「ウィルフレッドとあんたが？　スラムに？　お、俺なんかのために、わざわざ？」

「旦那様がおひとりでお前を探しに行くとおっしゃるので、やむなくわたしもお供した」

ベッドに突っ伏して眠りこけている主を見下ろし、フライトは苦笑いした。

「あとは旦那様から直接伺うといい。とにかく、命があっただけよかったと思いなさい。旦那様がお医者様でなければ、お前はとっくに死んでいただろうよ」

「う……」

「お前を寝かせる場所も、旦那様がどうしてもここに……ご自分の寝室にとおっしゃってね」

「ここ、ウィルフレッドの？　嘘《うそ》だろ……」

ハルは仰天して室内を見回した。ウィルフレッドの書斎には入り浸っていたが、寝室に入ったのは初めてだった。

広い部屋の壁は淡いブルーに塗られており、何枚かの風景画がかかっている。調度品は重厚なオークで、カーテンやカーペットは濃いブルーに統一されていた。

（ウィルフレッドの……瞳《ひとみ》の色だな）

今は閉ざされているあの鋭い暗青色の目を思い出すと、ハルの胸は不思議な切なさに満たされる。

「な、なんで、俺をこんな立派な部屋に」

「ずっと傍につき添うためだ」

「え？」

フライトは、幼い子供を諭すような口調で言った。

「お前をこの屋敷に連れ帰ってもう五日になる。その間、お前は傷と肺炎でひどい熱を出していたのだよ。旦那様はいつものように勤めを果たされ、その上お前の看護もなさっていた。……ほとんど眠っておられない」

「五日も!?　ずっと俺に？」

「ああ。今朝《けさ》などはご自分が死人のような顔色をしておられて、気を揉《も》んだものだ。お眠りくださって安心したよ」

フライトは厳格な執事ではなく、年長者の顔でこう続けた。

「旦那様は不器用な方だ。だが、誰よりも誠実な方でもある。今度は落ち着いて、きちんと話をしなさい。あまりこの善良な方を苦しめるものじゃない。……いいかね？」

「う、うん」

ハルは、幼子のように素直に頷《うなず》く。

「よろしい。では、ブリジットに言って、栄養のつきそうなスープでも作らせよう。皆、お前のことを心配していたから、目を覚ましたと言えばきっと喜ぶ」

そう言って、フライトは静かに部屋を出て行った。あとには、眠り続けるウィルフレッドと、ハルだけが残される。

暖炉には、赤々と火が燃えていた。身体にかけられた羽布団《はねぶとん》は分厚いのに、雲のように軽い。初めて味わう、ふかふかの心地《ここち》よい寝床だった。

ハルはどうにか、鉛のように重い両腕を持ち上げてみた。ウィルフレッドのものなのか、大きすぎるリネンの夜着は肌触りがいい。荒縄で縛り上げられていた両手首には、丁寧に包帯が巻かれていた。全身の傷すべてに、同じようにきちんと手当が施されているのだろう。

(俺なんかのために……ここまで)

「くっ……う」

軋《きし》む身体を叱咤《しった》して、ハルはどうにかベッドに半身を起こした。そして、ウィルフレッドの寝顔をじっと見つめる。

どんなに忙しくても超然としていたウィルフレッドの冷徹な顔には、驚くほど濃い疲労の色が滲《にじ》んでいた。閉じた目の下はどす黒く、削《そ》げた頬には血の気がない。

(あんなこと言ったくせに。さっさとほしいものを手に入れて、ここからいなくなれって言ったくせに)

あのときの凍てついた声が、ハルの耳にこびりついて離れない。一方で、そう言われる直前に優しく触れてきた大きな手と、やわらかく重ねられた唇の感触も、また忘れえぬものだった。

(それなのに、なんでこんなになるまで俺の面倒見てくれたんだよ。なんで、俺を捜して……助けに来てくれたんだよ)

「……ウィルフレッド……」

ハルは躊躇《ためら》いがちに、少し痩《や》せたように見えるウィルフレッドの頬に触れた。いつもは綺《き》麗《れい》に剃《そ》り上げている顎《あご》に、今はうっすら銀色の無精ひげが生えている。

「……う……」

髭をさわられたのがこそばゆかったのか、ウィルフレッドは低く呻き、顔を顰《しか》めた。固く閉ざされていた瞼《まぶた》が薄く開き、暗青色の瞳が現れる。

「あ……ごめん」

ハルはハッとして手を引っ込めた。

「ハル！　気がついたのか」

驚きの表情を浮かべたのも束《つか》の間《ま》、ウィルフレッドはすぐに医師の顔になり、立ち上がってハルをベッドに横たえた。そして、大きな手をハルの額に当てた。

「水は？」

「さっき、フライトさんに飲ませてもらった」

「そうか。……よかった。熱が少し下がり始めたな。痛むか？」

「身体じゅうギシギシ言ってる」

「だろうな。それでも、お前は回復が早い。見つけたときは、死にかけていた」

「うん……。俺、もう絶対死ぬんだと思ってた。あんなこと……されて」

二晩ものあいだ、男たちに嬲《なぶ》られ続けた記憶が甦《よみがえ》ったのか、ハルは不自由な両手で自分の身体をギュッと抱いた。傍目《はため》にも、細い身体が震えているのがわかる。

ウィルフレッドは、そんなハルを力づけるように、少年の額を指先で軽く弾《はじ》いた。

「そう簡単に死なせてたまるものか」

苦笑いでそう言ったウィルフレッドの手が、額から頬に滑る。間近にある彼の顔があまりにも憔悴《しょうすい》していて、ハルの胸は痛んだ。

「ウィルフレッド……」

「それとも、俺に謝る機会を与えず、生涯後悔させ続けたかったのか？」

「な、なんであんたが謝ったり後悔したりしなきゃいけないんだよ！　痛ッ」

大声を出した拍子に、何度も蹴りつけられた胸に激痛が走った。あまりの痛みに、ハルの目尻《めじり》に涙が滲む。ウィルフレッドは、慌てた様子でハルの肩を優しく押さえた。

「おとなしくしていろ。おそらく骨折はないが、打撲による皮下出血がひどい」

ハルは涙ぐみつつも、どこか挑戦的な眼差しで真上にあるウィルフレッドの顔を見つめた。

「あいつらに何されたか、訊《き》かないのかよ」

ウィルフレッドは眉《まゆ》をひそめ、低い声で言った。

「訊かずとも、見ればわかる」

「……ッ！」

ハルは唇を嚙《か》み、ふいと横を向いてしまった。羞恥《しゅうち》に、象牙《ぞうげ》色の頬がうっすら染まっている。

「そっ、そうだよな！　手当、してくれたんだもんな。き、き、気にしなくていいんだぜ。俺、どうせ身体売る商売してるんだし、あれくらいどうってこと……」

「そんなはずはないだろう。死ぬほどの目に遭わされて、怯えない人間などいない。それに、前にも言ったが、自分を卑下するような言葉を決して口にするな」

「……ウィルフレッド……」

「つらい思いをさせて、すまなかった。俺が、もっと早くお前に会いに行っていれば。そしておそらくお前を誤解させたことをもっと早く謝っていれば、こんなことにはならずに済んだのに」

ハルは信じられない気持ちで、自分を覗き込む男の顔を凝視した。

「何言ってんだよ。なんであんたが謝るんだよ。それに誤解って」

ウィルフレッドは、真剣な面持ちで口を開く。

「お前が屋敷を飛び出してから、ずっと悔やんでいた。自分の気持ちに狼狽《うろた》えて、迂闊《うかつ》な言葉を口にしたことを」

「あんたの気持ちって？」

「どうやら、俺はお前に惹《ひ》かれているようだ、ハル」

「……はあ⁉　ゲホッ、ゴホゴホッ」

思わぬ言葉にハルは素《す》っ頓狂《とんきょう》な声を上げ、咳《せ》き込んでしまう。ハルの背中を撫《な》でてやりながら、ウィルフレッドは言葉を継いだ。

「あのときお前に触れて、自分の気持ちに初めて気づいた。お前を守ってやりたい。お前を愛《いと》おしいと思う自分の心に。……だが同時に、俺の勝手な想《おも》いで、お前を縛ってはいけないとも思った」

「な……何、わかんないこと言ってんだよ」

「動揺して、言葉を選ぶ余裕さえなくて、あんなことを言った。ひとりよがりな物言いだと、フライトに叱《しか》られたよ」

「ウィルフレッド……」

「すまなかった、ハル。だがお前は、料理人になって、いつか自分の故郷を探す旅に出たいと、そう夢を語っただろう。それを聞いたとき、ひどく寂しくなった」

「寂しく……？」

「お前がいつかここに来なくなると思ったら、それだけで胸が塞《ふさ》いだ。早晩、俺はお前を傍に留《とど》めたくてたまらなくなると思った。だから、自分の気持ちを抑えきれなくなる前に、お前を遠ざけようと……自由なまま夢を追わせてやりたいと、そう考えただけだったんだ」

「な……なんだよホントに、それ」

ハルは唖然《あぜん》として、ウィルフレッドの彫刻のように整った顔を見上げる。

「それって……つまり、俺に飽きたとか、嫌いになったとか、馬鹿にしてたとか、そういうことじゃなくて？」

「違う。むしろ、その逆だ」

「逆ってのは……俺のためを思って言ってくれてたってこと……だよな？」

「ああ。……そのつもりだった」

「で、さっきあんたすごいことさらりと言ってたけど。俺に惹かれてなんとかって、その。俺のこと……す、す、好きってこと……？」

ウィルフレッドのいつもは鋭い暗青色の瞳が、ふっと照れくさそうに細められる。

「ああ、お前が好きだ」

「嘘だろ」

「嘘や冗談でこんなことを言う趣味はない。俺は羞恥で死にそうなんだぞ」

照れながらも、ウィルフレッドはきっぱりと言いきる。ハルの大きな目が、裂けんばかりに見開かれた。

「俺てっきり、あんたは俺のことタカリだと思ってて、俺に飽きて厄介払いしたくなったからあんなこと言ったって！　俺のこともう嫌いになったんだ…………って……ッ」

切れ切れに呟いたハルの漆黒の瞳から、ぽろりと大粒の涙がこぼれた。

「ハル……？」

「あ、な、なんだよ。もう、何泣いてんだよ俺ってば。かっこ悪《わり》ぃ」

突然の涙に、自分でも驚いたらしい。ハルは傷ついた両手で、目を擦《こす》ろうとする。それをそっと制止し、ウィルフレッドは囁いた。

「すまない。守ってやりたいと思って口にした言葉で、お前をこれほど傷つけてしまうとは。……泣かないでくれ」

「俺だって、泣きたくて泣いてんじゃねえやいっ」

悔しげな涙声で言って、ハルはしゃくり上げた。

「でも、すげえホッとしたんだ。あんたに嫌われてないってわかったら、ものすごく安心して、そんで、そんで俺！」

「わかったからそう興奮するな。また熱が上がっているぞ。身体が熱い」

宥《なだ》めるように言って、ウィルフレッドは、ハルの汗ばんだ額に貼《は》りついた髪を撫でつけてやった。

「今はゆっくり休んで、身体を治せ。話はあとでいくらでもできる」

ウィルフレッドの大きな手は、ゆっくりとハルの頭を撫で続ける。一度や二度ではなく、ハルが途中から数えるのをやめてしまったほど何度も、まるで寄せては返す波のように。

幼子をあやすような慰めは不器用で、しかしそれはハルがずっと求めて得られなかったもの……皆の上に注がれる女神の愛ではなく、自分だけに向けられる深い愛情だった。

（俺が好き……って言ってくれた……）

名残《なごり》の涙でぼやけるハルの視界には、この上なく真剣な面持ちのウィルフレッドが映る。彼の真摯《しんし》な想いが、手のひらから伝わってくるようだった。

嗚咽《おえつ》が徐々におさまるにつれ、安らいだ気持ちが胸に満ち、ハルの瞼は重くなってくる。

（ウィルフレッドにも、俺のことなんていいから寝てくれって……言わなきゃ……）

「な……俺……の……」

言葉はもはや声にならず、ハルはウィルフレッドの手の優しい温《ぬく》もりに包まれ、ゆっくりと眠りに落ちていった。

次にハルが目覚めたときも、ウィルフレッドは枕元《まくらもと》の椅子に腰かけ、頼りないランプの灯《あか》りで本を読んでいた。

「……ウィルフレッド」

掠れ声で名を呼ぶと、ウィルフレッドは分厚い本を閉じ、立ち上がった。

「目が覚めたか。どうだ、気分は」

ハルはランプの光に目を細めて答えた。

「ん……さっきより少しまし。俺、どのくらい寝てた……?」

「八時間ほどだ。もう真夜中だよ。……何か食べられそうか? スープができあがったときにはお前はもう眠ってしまっていた」

「あ。ブリジットに悪いことしちまった。うん、ちょっと腹減ったかも」

「それはいいことだ。少し待っていろ」

そう言って部屋を出て行ったガウン姿のウィルフレッドは、しばらくしてトレイを持って戻ってきた。

「オーブンの火が落とされていなくて助かった。温かなものを食わせてやれる」

見れば、トレイの上にはスープがなみなみと注がれたボウルが湯気を立てていた。

ハルは目を丸くする。

「って、まさかこれ、あんたが?」

ウィルフレッドは、ハルがなぜ驚くのか解せないといった顔つきで頷いた。

「作るのは手間だろうが、温めるくらいなんでもない。使用人たちをわざわざ起こすほどのことでもなかろう。それより、冷めないうちに食べるといい。起きられるか」

ウィルフレッドはハルを抱き起こし、背中にクッションをあてがった。そして、トレイをハルの膝《ひざ》にのせてやる。

「旨《うま》そ。いただきます」

ハルは早速スプーンを取り上げた。だが、傷ついた指がスープひとさじの重さに耐えかねて、スプーンが手から落ちてしまう。

何度もそれを繰り返すハルを見かねて、ウィルフレッドはベッドの端に腰かけ、ハルの手からスプーンを取り上げた。

「俺が食べさせてやる。口を開けろ」

「え、いいよそんなの。恥ずかしいだろっ」

「食わないと治らないだろうが。ほら」

ウィルフレッドはすくったスープをちゃんと吹いて冷まし、スプーンをハルの口元にあてがう。ハルは仕方なく口を開けた。

「旨いか?」

スープはチキンストックでいろいろな野菜を煮てつぶした濃いポタージュで、弱ったハルの身体には、しみじみとありがたかった。

「うん」

「よかったな」

ウィルフレッドは飽きもせず、スープをすくい、吹き冷まし、ハルの口にスプーンを滑り込ませるという作業を几帳面《きちょうめん》に続ける。ハルは不思議そうに首を傾げた。

「なんかあんた、すげえ慣れてんな。医者は普通、患者の飯の世話なんてしないだろ？」

「母が死の床についたとき、こんなふうに食べさせた。最後の数週間は、俺の手からでないと、何も食べようとしなかった」

「……そっか」

ハルは美味《おい》しいスープを味わいながら言った。

「あんたさ、お母さんの話するとき、いつもつらそうだよな。でも俺、あんたが羨《うらや》ましいよ」

「羨ましい？」

「親との思い出があるだけで、羨ましい。俺は、親の顔も知らないからさ」

「……そうか」

「孤児院では、みんな女神ネイディーンの子供だって教えられたけど、そんなのなんの助けにもならないしな」

「信仰は、お前の支えにはならなかったのか」

「神様なんてくそ喰《く》らえだ。俺は、この手でさわれるものしか信じない」

そう言って、ハルはウィルフレッドの手におずおずと触れた。

「ハル？」

ピクリと指先を震わせつつも、ウィルフレッドは手を引こうとしない。ハルは、ウィルフレッドの大きな手に自分の華奢《きゃしゃ》な手を重ね、口ごもりながら、しかし真っすぐウィルフレッドを見て口を開いた。

「こんな商売してりゃ、信じてくれないかもしんないけど……俺さ」

「うん？」

戸惑《とまど》いつつも、中途半端な姿勢で硬直したまま、ウィルフレッドは先を促す。ハルは、思いきった様子で言った。

「俺、これまで本気で好きになった奴なんて、いないんだ。もちろん、孤児院でよくしてくれた人たちには感謝はしてるし、嫌いじゃないぜ。でも、ホントの意味で『好き』ってのがどんなもんか、知らずにきた」

「……ああ」

「この家から飛び出して、すっげえ落ち込んでる自分に気がついてさ。なんでだろって不思議だった。俺、この見てくれのせいで、虐《いじ》められたり、嫌われたりすんの慣れてるのに。なのに、あんたに嫌われたって思ったら、心臓をぎゅーっと握られてるみたいに苦しくて、泣きたくなって、イライラして」

ウィルフレッドの手の上に置かれたハルの指先に、ギュッと力がこもる。爪《つめ》が皮膚に食い込む痛みが、ウィルフレッドにはハルの心の痛みに感じられた。

「馬鹿にすんな、ふざけんなってあんたに腹立ててるはずなのに、すごくあんたに会いたくなった。あんたのことばっか気になって……。なんでだろうって考えてもわかんなくて、むしゃくしゃしてあいつらに喧嘩《けんか》売って……で、滅茶苦茶《めちゃくちゃ》にされちまったんだけど」

「……ハル……」

ウィルフレッドの目が、切なげに細められる。ハルは、吐息のように微《かす》かに笑った。

「さっき、あれは誤解だったってわかって……ものすごく嬉《うれ》しかった。ホッとした。それまでずっと胸が苦しかったの、すうっと治っちまったよ。もしかしたらさ。好きってこういうことなのかな。……なあ、どう思う?」

だが、そんな真っすぐな問いかけに対するウィルフレッドの返答は、実に簡潔だった。

「わからん」

「なんだよ。人が真面目《まじめ》に喋《しゃべ》ってんのに、その気のない返事は!」

途端にキリリと眉を吊《つ》り上げるハルに、ウィルフレッドは慌てた様子で言葉を継いだ。

「俺もお前と同じだ。だから問われても答えられない」

「あ?」

「……だから。俺もこれまで母以外の誰かを愛したことなどないと言っているんだ」

「……う？」

　ハルはまじまじとウィルフレッドの奇妙に歪んだ顔を見る。

「でも……あんたさっき、俺のこと好きって言ったじゃん？」

　冷たい暗青色の瞳を囲む白い肌に、さっと赤みが差す。ウィルフレッドはハルから目を逸《そ》らし、明後日《あさって》のほうを見て言った。

「い、言った。その言葉に偽りはない。だがそれは、俺にとって初めての感情だ。そして感情には個人差があるだろう。お前が俺と同じ状態に陥っていたとしても、それが同じ原因によるものかどうかはわからない」

「医者だからって、難しい言葉使うなよ。それってつまり、あんたも会わないあいだ、俺みたく苦しかった……ってこと……？」

「……ああ。とても苦しかった。そしてお前に会いたかった。つまらないプライドが邪魔をしてすぐに謝りに行かなかったことを、今は心底悔やんでいる」

　ハルはごくりと生唾《なまつば》を飲んだ。

「なあ。その『好き』ってさ。その……こないだみたいなことしたい『好き』か？　その……キス、とか」

　キスと聞いた途端、ウィルフレッドの顔が、火を噴きそうに赤くなる。まるで少年のような反応に、ハルは自分のほうが気恥ずかしくなってしまった。

そしてハルが予想したとおり、ウィルフレッドは無言のまま頷いた。ハルはさらに問いを重ねる。

「それって……つまりさ。俺があんたの初恋ってこと?」

「……悪いか」

憮然とした表情で、ウィルフレッドは視線をハルに戻す。ハルは年相応に無邪気な、はにかんだ笑みを浮かべ、かぶりを振った。

「ううん。全然悪くない」

「……ならば、なぜ笑う」

「嬉しいからだよ。だって初恋は、人生に一度じゃん。それを俺にくれるなんて」

ウィルフレッドは何も言わず、ただ、重ねた手を外し、その手でハルの頭を撫でた。

「さあ、もう眠れ。まだ当分安静にしていなくてはな。ゆっくり休むんだ」

「……その言葉、そっくりそのまま返す。あんたも寝てくれよ」

寝かしつけようと肩に触れた手を押さえ、ハルは不満そうに唇を尖《とが》らせた。

「俺は別に……」

「あんた、もう何日もまともに寝てないって、フライトさんが言ってた」

「フライトめ。余計なことを……」

睨《にら》むように見つめられ、ウィルフレッドは気まずげに唇を噛んだ。だが、その腫れぼったたく充血した暗青色の目が、ウィルフレッドに嘘を許さない。

「ほかに部屋あるんだろ？　俺、もう大丈夫だからそっちに移るって」

「大丈夫かどうかは、主治医が決めることだ。お前はまだ、目を離せる状態じゃない」

「……だったら！」

ハルは身体の痛みに顔を顰めつつ、ベッドの端っこに寄った。そして、自分の傍らのシーツをパフンと叩《たた》く。

「隅に寄るから、ここで寝ろよ。そしたら、俺のこと見張りながら眠れるじゃん」

「怪我《けが》人がそんな心配を……」

「するよ！　自分がひどい顔してんの、あんた気がついてないんだろ。フライトさん、心配してたぜ」

「う……ああ」

「とにかく！　あんたが寝るまで、俺だって寝ないんだからな！」

まだ短いつきあいだが、ハルが一度言い出したら引かない性格だと、ウィルフレッドにはよくわかっている。

「……わかった」

とうとう根負けして、ウィルフレッドはガウンを脱ぎ、ベッドに滑り込んだ。

「そんなに端に寄らなくていい。落ちるぞ」

「平気だよ」

「いいから、こっちに来い」

ウィルフレッドに強く促され、ハルはおずおずとベッドの中央近くににじり寄った。

いくら広いベッドだといっても、そしていくらハルが華奢だといっても、男二人が寝ては、それほど余裕はない。自然と腕が触れ合って、それがハルにはどうにも気恥ずかしかった。

「おやすみ。ぐっすり寝て、早く治せよ」

そんな言葉も、小さな子供にするように額に触れたウィルフレッドの唇も、ハルの心を凪《な》いだ海のように穏やかにしてくれる。

「おやすみ」

孤児院を出てから、誰にも言ったことがなかった優しい挨拶《あいさつ》を口にして、ハルはそっと目を閉じた。

＊　　＊

それから約二週間後……。

どうにか起き出せるようになったハルは、ベッドに腰かけ、ウィルフレッドの治療を受けていた。

「この分なら、もうすぐ抜糸できそうだな」

いちばんひどかった腕の傷を丹念に消毒しながら、ウィルフレッドは満足げに言った。

男たちに蹴りつけられ、倒れたときにテーブルの角に当たって裂けた傷は、あともう少し深ければ、大きな血管を傷つけて命にかかわるほどのものだった。

大きく口を開いていたその傷も、今は綺麗に縫い閉じられている。この分だと、傷痕《きずあと》もさほど目立たずに済むだろう。

「ば……抜糸って……痛い？」

ハルはおどおどした様子で訊《たず》ねる。ウィルフレッドは笑ってかぶりを振った。

「少しチクリとするくらいだ。心配するな」

そんな軽口を叩き、ウィルフレッドは傷口に清潔な包帯を巻いた。その鮮やかな手つきを、ハルはただ感心して見守る。

この二週間、ウィルフレッドは仕事から戻ると、ずっとハルとともに過ごした。寝室にライティングデスクや小さなテーブルを運び込ませ、デスクワークも食事も、すべて寝室で済ませた。

「旦那様がこのお部屋しかお使いにならないので、ポーリーンが掃除の手間が省けて喜んでおりますよ」

フライトはそんな冗談とも嫌味ともつかない台詞を口にしたが、ウィルフレッドは気に留める様子もなかった。

「……なあ。すごくよくしてくれて嬉しかったけど、もう動けるようになったし、俺、店に戻らなきゃ」

細い足をブラブラさせながら、ハルは沈んだ面持ちで言った。ウィルフレッドは、医療器具を片づけながらボソリと言い返す。

「戻る必要はない」

「そうはいくかよ。俺だって嫌だけど、借金があんだからさ」

「そのことだが」

ウィルフレッドは、ジャケットの胸ポケットから折り畳んだ紙片を抜き取り、ハルに差し出した。それを広げたハルの目が、転げ落ちんばかりに見開かれる。

「……これ！」

「お前の借用証書だ」

「んなこたぁ、わかってるっての！　なんでこれがここにあんだよ⁉」

「お前言うところの、金持ちの気まぐれという奴だ。借用証書というものを一度見てみたくてな」

「はあ？」

「酒場の亭主から一枚買い受けたところ、偶然お前のものだった。たいして見て面白いものでもないようだから、お前にやる」

「そ……そんな話、誰が信じるってんだよ」

子供でも見抜けるような稚拙《ちせつ》な嘘に、ハルは激怒するのをうっかり忘れて唖然とする。ウィルフレッドは、短い銀髪を片手でかき上げ、きまり悪そうに口を開いた。

「お前がこういうやり方を好まないことはわかっている。また怒らせるのが怖くて、今日まで言えずにいた。だが、お前をあそこに置いておくのは、どうにも我慢ならなかったんだ」

「ウィルフレッド……」

「すまない。お前の意思を無視したことは謝る」

「……あんたが俺の借金、肩代わりしてくれたんだ？」

「ああ」

肩代わりどころか、四倍の金を支払ったことは言わず、ウィルフレッドは頷く。

しばらく無言で借用証書を見ていたハルは、どうにも複雑な面持ちでそれをベッドの上に置き、ウィルフレッドを見つめた。

「じゃあ俺、今はあんたのもんってわけか」

そう言ったハルの表情からは胸中が読み取りがたく、ウィルフレッドは困惑の面持ちになった。

「お前を金で自分のものにしようとしたわけじゃない。俺はそういう男では……」

「それはわかってる。でも事実として、あんたは俺をあの店から買い取ったわけじゃん？　俺が何年もかかって返さなきゃいけなかったはずの大金払ってさ」

「金のことは気にするな。ほかに使い道があるわけでなし、お前のためになるなら……」

「そういうわけにいくかよ！」

ハルはキッとウィルフレッドを睨んだ。

「親から受け継いだとか、遊んでても勝手に入ってくるとか、そういう金じゃない。あんたが検死官として働きまくって稼いだ金じゃん。そんなの、あっさりもらって知らん顔できるわけないだろっ！」

「だが、ハル……」

「あんたの気持ちはありがたいけど、だからってすんなり受け取る気にはなれないよ」

ウィルフレッドは困り顔でハルを見た。

「だったらお前はどうしたいんだ、ハル」

「そりゃ当然、あんたに金を返したい。でも……ああそうか、俺も困ったな」

ハルは唇を噛んだ。

「俺、孤児院育ちだから、ああいう場所でしか雇ってもらえねえんだ。でも、また身体売る商売したら、あんたの気持ちを踏みにじっちまうんだよな。それは……俺だって嫌だ」

ハルは思いきった顔つきで言った。

「なあ。俺をここに置いてくんないか」

ウィルフレッドは、曖昧《あいまい》に頷く。

「無論、お前がいたいだけいればいい」

「そういうこっちゃなくて、俺を雇ってくれって言ってんの」

それを聞いたウィルフレッドは、不満げに言い返そうとした。

「雇う？　俺はそんなつもりでは……」

「あんたの気持ちはわかってる！　だけど、俺にも心があんだよ！」

ウィルフレッドの言葉を途中で遮り、ハルはベッドを勢いよく叩いた。ウィルフレッドはハッとする。

「それは……」

「卑屈な気持ちで言ってんじゃない。筋を通したいんだ！」

「筋を……？　俺に雇われることが、お前の筋の通し方か？」

「そうだよ！」

ハルは胸を張る。

「どう言い換えたって、今の俺にあんたがしてくれたことは、施しだ。あんたにそんなつもりはなくてもさ。だけど、せっかくのあんたの気持ちを、そんな言葉で片づけたくないんだよ、俺」

「ハル……」

「あんたのこと好きだからこそ、もらいっぱなしじゃいられない。そりゃさ、金出してもらっただけじゃなく、命まで助けてもらってんだもん、どんだけ頑張ったって恩返しには足らないと思う。でも、だからって、何もしないわけにはいかないよ、やっぱり」

「だが、それではお前の夢の実現が……」

「夢は夢、現実は現実だってば！　俺は今、ここであんたの傍にいて、少しでもあんたの役に立ちたいんだ」

「……それは……」

あくまで生真面目に反論しようとするウィルフレッドに、ハルはちょっと悪戯っぽく笑って言った。

「夢はさ。遠くにあるほうがいいじゃん。そこへ向かって、少しずつ進んで行くのが気持ちいいんだから。俺、ここで一生懸命働いて、そんで一生懸命勉強するよ。いつか、こないだあんたに話した夢が全部叶《かな》うように」

ウィルフレッドは、どこか眩《まぶ》しげにきつい目を細め、ハルを見る。ハルは少年らしいはにかんだ笑顔でこうつけ加えた。

「それに、俺……あんたともっと一緒にいたいよ。あんたのことを、もっと知りたい」

「俺は、面白くない男だぞ」

「堅物すぎて、かえって面白いよ」

「……そうまで言うなら、お前の思うようにすればいい」

「ホントか？　やった！　ありがとう、ウィルフレッド。俺、頑張るからな。なんでもやるから！」

「あまり、そういうことを大声で言うな。フライトが聞きつけたら、大喜びで雑用を山ほど押しつけに来るぞ」

その光景が容易に想像され、ハルは鼻筋にしわを寄せる。

「うわ、それはいくらなんでもたまんねえな」

二人は顔を見合わせ、同時に小さく吹き出した。


翌朝、めでたく床上げしたハルは、ウィルフレッドの予想もしなかった行動に出た。

彼が殺人現場へと向かおうとしたとき、平然と馬車に乗り込んできたのである。

「ハル？」

「俺も行く」

簡潔に答えて、ハルはウィルフレッドの隣に腰を下ろし、解剖道具の詰まった大きな革鞄《かばん》を膝に抱えた。

見れば、ウィルフレッドにやめろと言われたので頭部を覆う布こそないが、長い黒髪をうなじできちんと結んでいる。いかにもやる気満々の体だ。

ハルがキャビンの天井を叩いて合図すると、馬車は勢いよく走り出した。

「な……なんの、つもりだっ」

激しい揺れに身体を支えようと苦労しつつ、ウィルフレッドはまだ半ば呆然《ぼうぜん》として問い質《ただ》した。ハルは、けろりとした顔で答える。

「あんたのこと、知りたいって言ったろ！　だから、ついてく」

「馬鹿な。普通の仕事ではないんだぞ。殺人現場に踏み込み、死体を解剖するんだ」

「わかってる。あんたに迷惑はかけねえよ」

ガタン！

敷石に車輪が跳ね、馬車が大きくバウンドする。硬いシートに弾んだ尻が当たって、ハルは小さな悲鳴を上げた。

「うあっ」

これ以上会話を続けていては、いつ舌を噛んで大怪我をするかわかったものではない。

「仕方ない。今日だけだぞっ」

早口にそう言い捨て、ウィルフレッドは苦虫を噛みつぶしたような顔でハルを片腕で抱き、自分も吊り紐《ひも》にしっかりと摑《つか》まった。

「よう、先生。相変わらず不景気な顔だな。……とと、今朝はちんまいのが一緒なのか」

殺人現場でウィルフレッドを迎えたのは、マーキス警察きっての敏腕刑事、エドワーズ警部だった。

いつ家に帰っているのかと怪しみたくなるほど、日々オールドタウンを駆け巡り、数々の凶悪事件を手がけるタフな中年男だ。

ウィルフレッドの後ろに立っているハルを、エドワーズはぎょろりとした鋭い目で見遣った。

「おはよう、エドワーズ。これは……」

ハルをどう紹介したものかと一瞬口ごもったウィルフレッドを押しのけるようにして、ハルは一歩前に出た。

「俺、ハル。ウィルフレッドの助手になったんだ。よろしくな！」

「おいハル、いつから助手に……」

「いいから！　とにかく助手！」

無精ひげの浮いたがっちりした顎を撫で、エドワーズは面白そうに「ほう」と言った。

「助手を雇ったか。あんたも忙しい身の上だからな。いいことだ。それにしても、変わったツラの小僧だな。どこの生まれだ？」

「わかんねえ」

小山のような男に臆《おく》する気配もなく、ハルはぶっきらぼうに言い返す。

「わからんか。そりゃいい。正体不明の、黒髪黒目のカラスみたいなガキたあ、死神の助手には最高だな、先生」

ウィルフレッドは、不機嫌な顔ですぐに言い返した。

「俺はこいつの髪も目も気に入っている」

「ほう。そりゃまたご執心なこって」

「ついでに言うと、俺はガキじゃねえ。もう十六だ！」

嚙みつくハルの頭を、グローブのような手でポンポンと叩き、エドワーズは巨体を揺らして笑った。

「そのわりに、コマネズミみたいに小さいぞ。もっと先生に食わせてもらえ」

まだキーキーと嚙みつこうとするハルをいなし、エドワーズはウィルフレッドを見た。

「で、現場を見てもらえるかい、先生」

「ああ。……それにしても」

ウィルフレッドは顰めっ面で周囲を見回した。

オールドタウンの一角だというのに、その建物はやけに豪奢なしつらえだった。

豪奢といっても、それはあくまで見かけだけのことで、建材もインテリアも実に安普請なことはすぐにわかる。大理石の柱に見えたものは、木の柱に石の薄片を張りつけただけだし、これでもかというほどドレープを寄せたカーテンも、よく見るとつぎはぎだらけの布を染め直したものだ。

　それは、典型的な娼館《しょうかん》だった。粗末な建物をゴテゴテと飾り立て、一見華やかに見せかけてある。内部はいくつもの小部屋に分かれており、そこで娼婦たちが客を取るという仕組みになっていた。

　ウィルフレッドは探るような口調で言った。

「エドワーズ。娼館に呼ばれたということは、この事件も例の……？」

「俺はそう踏んでる。まあ、まずは現場を見てくれ。二階だ」

　エドワーズは優雅なラインを描く階段をドカドカと上っていく。その後を追いながら、ハルはウィルフレッドに訊ねた。

「例のって何？」

　ウィルフレッドは、難しい顔で答えた。

「ここ二ヶ月、このマーキスで娼婦殺しが多発しているのを知っているか」

「ああ……うん、噂は聞いたことがあるよ。だけどそれが何？　金のない客に娼婦が殺されるなんて、よくある話じゃん」

「確かにな。だが、その中でも十件ほどについては、殺しの手口が酷似している」

「つまり、やったのが同じ奴だってこと？」

「俺とエドワーズはそう疑っている。……現場に入ったら、迂闊にあちこち歩き回ったり室内のものに触れたりするなよ」

階段を上りきり、殺人現場である小部屋の一つに入る前に、ウィルフレッドはハルに釘《くぎ》を刺した。ハルは、重い鞄を抱え、さすがに少々緊張の面持ちで頷く。

「わかってるっての」

ウィルフレッドは毒々しい紫色のカーテンを上げ、室内に入った。一歩部屋に入るなり、むせかえるような血の臭《にお》いに包まれる。

大きなベッド以外何もない狭い室内には、数人の警察官たちが忙しく立ち働いていた。ベッドの上には、若い女の死体がなまめかしい半裸体で横たわっている。

スラムに住んでいれば、行き倒れの死体には慣れっこだ。それでも、恐ろしい惨殺死体を目の前にして、ハルの額には冷たい汗が流れた。

(ひでえ……)

白いシーツは朱に染まり、大きく切り裂かれた腹からは臓物や脂肪が溢《あふ》れている。

女の顔にも白い手にも露《あら》わな乳房にも、鮮血が幾筋も伝っている。空を摑むように折れ曲がった指や、カッと見開いたままの青い目が、女の無念を物語っているようだった。

「おい、小僧。吐くなよ。現場が汚れる」

思わず口元を覆ったハルにそんな言葉を投げかけ、エドワーズはウィルフレッドを手招きした。

「こっちだ、先生」

「ああ。……状況は？」

「ほかの殺しと似通った手口さな」

「ふむ」

「一晩借り上げの約束で女の部屋に入り、隣室に悲鳴が聞こえないほど鮮やかな手口で女を殺し、誰にも見られずに立ち去る。朝まで誰にも気づかれないって寸法だ」

「おい、待てよオッサン。誰にも見られずにって、どうやってだよ。廊下に出りゃ、客待ちの女がウロウロしてるし、客だっているし、案内役のババアだって……」

ようやく気を落ち着けたハルは、さっそく生来の好奇心を取り戻したらしい。強面の刑事にオッサン呼ばわりで質問した。

「なかなかいい質問をするじゃないか、小僧。先生に見初められるだけあって、そこそこ頭は回るようだな」

エドワーズは怒るでもなく、面白そうにハルを見て答えた。

「犯人がいつも使うのは、この手の中級娼館だ。高級娼館じゃ、娼婦の数が少なすぎてすぐ足がつく。低級娼館じゃ、お前が言うように、人に見られず外に出ることたぁできん」

「中級だと、何が違うんだよ」

「やんごとなきお客のためにちょっとした工夫をした部屋があるんだ。そこのカーテンをちょっと持ち上げて見せてやんな」

エドワーズが手で合図すると、若い警察官がサッとピンク色のカーテンを持ち上げる。するとそこには、隠し扉があった。

「あ！　もう一つ、出入り口があるんだ？」

自身は確実に「低級」に分類される酒場兼娼館にいたハルは、初めて目にする仕掛けに驚きの声を上げる。エドワーズは、いかつい肩を揺すってニヤリと笑った。

「そういうこった。女を手配するのは、そのへんで金で雇われた行きずりの男で、本人はその出入り口から誰にも見られずに部屋に入る。……出て行くときも、そこからな。たっぷり金を積んだ客だけのためのサービスさ」

「なるほど……。ってことは、犯人はお忍びでやってくる、ニュータウンの金持ちってことだよな？」

ウィルフレッドは、渋い顔で頷いた。

「ああ。中級娼館とはいえ、オールドタウンの連中に購《あがな》えるほど、ここの女たちは安くないからな」

癖なのか、がっしりした肩を揺すりながら、エドワーズはベッドに近づいた。

「先生、死体を見るだろ。現場の調べは終わったから、さわってもらって構わんよ」

それを聞いたウィルフレッドは、厳しい顔になり、コートとジャケットを脱いでハルに手渡した。

「これを。それから、鞄の中からピンセットと定規を出してくれ」

「わ、わかった！」

いよいよ助手としての仕事が始まったと、ハルは背筋をピンと伸ばす。まだ血の臭いで胸がムカムカしたが、そんなことにかまってはいられない。さっそく、ウィルフレッドの服を綺麗な場所に起き、革鞄を開いた。きちんと整頓《せいとん》された器具を取り出し、ウィルフレッドに手渡す。

ウィルフレッドは死体に近づくと、あらゆる角度から死体の姿勢や周囲の状況を観察した。

「ハル。手を貸してくれ」

呼ばれて、ハルは緊張の面持ちでベッドに駆け寄った。

「何すりゃいいの？」

「死体を仰向《あおむ》けにしたい。そっと動かせ」

「わ……わかった」

ハルはベッドの反対側に移動し、女の死体の背中に両手を添えた。冷たく固い肌の感触に、ゾッと鳥肌が立つ。

（うあ……すげえ血の臭い……）

死体を仰向けにすると、ウィルフレッドは女の衣服をすっかり取り去った。そして、濡《ぬ》らした布で傷口を綺麗に拭《ぬぐ》い、その形状や深さや方向を子細に調べた。

ハルはウィルフレッドの傍らに立ち、指示された器具を手渡したり、手助けしたり、ウィルフレッドが計測した数値を紙切れに書き留めたりと八面六臂《はちめんろっぴ》の活躍をした。

数十分の後……。ウィルフレッドは、エドワーズを見て口を開いた。

「血痕の飛び方や傷の角度から見て、女を組み敷き、鋭いナイフで真上から首を一突き。これが致命傷だ。……その後、あちこちを滅多刺しにしている。傷の深さから見て、犯人が男であることは間違いない」

エドワーズは重々しく頷いて言った。

「ふむ。それで？」

「傷の形状も、一連の事件に用いられた凶器と同じものによってできたと考えられる。殺害方法も同じだ。つまり……」

「やはり犯人は同じ男だと見るか」

「ああ。俺の考えも、あんたと同じだ」

「ふむ。解剖は？」

「死因は明白だ。今回は必要ない。それより……例のものは？」

ウィルフレッドの問いに、エドワーズは少し得意げに太い指で部屋の何ヶ所かを指さしながら言った。

「ぬかりない。結果はもう少し待ってくれ」

「わかった。こっちも、早急に検死報告書を仕上げておく」

「ああ、頼むよ。じゃ、お疲れさん」

「あんたこそ。……行くぞ、ハル」

「あ……あ、うん」

半ば放心状態だったハルは、ウィルフレッドの声にハッと我に返り、慌てた様子で器具を鞄に詰め込んだ。エドワーズは、そんなハルの肩を、肉厚の手でポンと叩く。

「またな、小僧。しっかり先生を助けろよ」

「ハルだって。またな、歯欠けのオッサン」

エドワーズの前歯が欠けていることをからかって小僧呼ばわりの仕返しをしてから、ハルはウィルフレッドについて娼館を出た。

「はあーっ」

表通りに出ると、ハルは思わず深呼吸した。スラムに立ちこめる下水と汚物の臭いですら、殺人現場の死臭に比べればずっとマシだと感じられる。そんなハルの鼻先に、小さなボトルが突きつけられた。

「……あ？」

顔を上げると、ウィルフレッドが労《いたわ》るような微笑を浮かべてハルを見下ろしていた。

「顔が真っ青だぞ。一口飲め」

ハルは無言でボトルを受け取り、ぐいと中身を呷った。アルコールが、粘膜を焼きながら喉を流れ落ちていく。独特の清涼な香りがする、恐ろしく強い酒だった。

「うえっ……滅茶苦茶きつい酒じゃん」

軽く咳き込みながらハルが文句を言うと、ウィルフレッドはボトルを取り上げ、自分も一口飲んでから言った。

「北の国の酒だ。身体が温まる」

「だろうな。もう身体がぽかぽかしてきた」

顰めっ面で口を拭うハルを見下ろし、ウィルフレッドはこう言った。

「早々に目を回すか音を上げるだろうと思っていたんだが、よく頑張ったな。助かった」

「ホントか？　俺、邪魔じゃなかった？」

「ああ。よく役に立ってくれた。なかなか、初めてでこうはいかない。見直したぞ」

ストレートに褒められて、ハルは酒のせいだけでなく、頬をほんのり上気させた。

「なあ。あんた、いつもこんな大変な仕事、ひとりっきりでやってんのか？」

ウィルフレッドは、こともなげに頷く。

「ああ。今日は一件だけだし解剖はしなかったから、楽なものだ。だが、慣れていないときついだろう。もう懲りたか？」

からかい口調で問われて、ハルはキッとウィルフレッドを睨む。

「んなわけねえだろ！　次はもっと慣れてみせる。……それに」

「それに？」

「現場で働いてるあんた、すげえかっこいい。俺も、あんたのこと見直した」

「……そうか」

無表情を装いつつも、ウィルフレッドの顔はどことなく嬉しそうに見える。

「なら、これからも頼りにさせてもらおう」

「おう、どーんと頼ってくれよな。……ひっく！」

先ほどの酒をいささか気前よく呷りすぎたのか、ハルは小さなしゃっくりをしながら、拳で胸をどんと叩いた。


翌日の正午過ぎ。

昼食のテーブルについたウィルフレッドは、目を見張った。給仕はメイドのポーリーンか執事のフライトの役目なのだが、スープ皿を運んできたのはハルだったのだ。

「どうした？」

そう問われたハルはどこか誇らしげに、盛んに湯気の立つスープ皿をウィルフレッドの前に置いた。たっぷり注がれているのは、ミルク色のスープだ。

「いい牡蛎《かき》が入ったから、チャウダーにしたんだ。味見したらすげー旨かった！」

「ほう、それは楽しみだな。……いや、俺が訊いたのはチャウダーのことではなくて、なぜお前が給仕しているのかということなんだが。フライトたちはどうした？」

「ああ、俺がやらせてくれって頼んだんだ。これ、ブリジットに教わって、一から全部俺が作ったんだよ。だからあんたの感想、直《じか》に聞きたくて」

「……そういうことか」

キラキラ光る黒い目に促され、ウィルフレッドは早速濃いスープを一さじすくい、口に運んだ。

ミルクの優しい味とともに、豊かな海の香りが広がる。二さじ、三さじとじっくり味わってから、ウィルフレッドは口を開いた。

「野菜の煮え方は申し分ない。ただ、牡蛎に火を通しすぎたな。少々固くなっている」

厳しい指摘に、ハルは悔しげに唸《うな》った。

「ちぇ。難しいなあ……」

「だが、味は悪くない。お前には、確かに料理の才能があるようだ」

「……ホントか？」

「ああ。俺は世辞は言わん」

「へへ……そっか。でももっともっと、頑張るからな！」

ハルは照れくさそうな笑顔を見せる。ウィルフレッドも薄い唇に笑みを浮かべ、空になったスープ皿を指した。

「もう少しもらえるか？」

本当に美味しいのだと態度で示されて、ハルは笑みを顔じゅうに広げる。

「もちろん！　すぐ持ってくる」

「それと、このパンもトーストしてきてくれ。チャウダーにはそのほうが合う」

「バターは塗る？」

「ごく薄く」

「わかった。覚えとく」

短く返答して、ハルはスープ皿とパン皿を片手で器用に持ち、食堂を出て行こうとした。

だが、そこに一足早くノックとともに入ってきたのは、フライトだった。

「お食事中失礼します、旦那様。エドワーズ警部がお見えです」

「オッサンが？」

「エドワーズが？」

ハルとウィルフレッドが同時に声を上げたそのとき、執事を押しのけるようにして、当のエドワーズが大股《おおまた》に部屋に入ってきた。いつものようによれたジャケットを着込んだ警部は、大きな鼻をうごめかせて言った。

「急に押しかけてすまんな、先生。お、いい匂《にお》いじゃないか。実は、俺ぁ今朝から何も食ってなくてな」

「……フライト」

「はい、すぐ警部のお食事もご用意いたします。ハル、手伝いを」

主人に促され、フライトはハルを伴って姿を消した。

「悪いな、催促したみたいで」

エドワーズは、ウィルフレッドの向かいの椅子を引き、どっかと腰を下ろした。ウィルフレッドは、怪訝《けげん》そうに問いかける。

「それは別にかまわないが、どうした？」

「ちょっとあんたの知恵を借りたいことができたんだ。それはそうと、あの小僧は住み込みの助手なのかい？」

エドワーズは扉のほうを見遣って問いかける。ウィルフレッドは苦笑いで頷いた。

「成り行きでね。最初は厨房《ちゅうぼう》の手伝いのつもりだったんだが、なんでもやってくれている」

エドワーズはいかつい顔を歪めるようにして、ニヤリと笑った。

「なるほど。まるで犬っころみたいにあんたにくっつき回ってんだな。可愛《かわい》いもんだ」

ウィルフレッドは、返答しあぐね、曖昧に首を動かす。そこへ、フライトとハルが戻ってきた。

「お待たせいたしました」

フライトは手際よくカトラリーを並べ、ハルはエドワーズとウィルフレッドの前にスープ皿を置いた。

「ご苦労だった、フライト。下がっていい。……ああ、ハル、お前はここにいろ」

「あ……うん」

ハルは、ウィルフレッドの椅子の横に立つ。エドワーズは早速スプーンを取り上げた。よほど空腹であったらしい。

「おっ、こりゃ旨いな。牡蛎たぁ豪勢だ」

素直な賛辞に、ハルは得意げに言った。

「へへ。俺が作ったんだぜ、オッサン」

「ほう。たいしたもんだ。……それはともかく、今日ここに来たのは、例の一連の娼婦殺しの件だ。あんたの読みが当たった」

「ということは、首尾よく指紋が採れたのか」

ウィルフレッドは身を乗り出す。ハルは、耳慣れない言葉に顔を顰めた。

「指紋？　なんだよそれ」

ウィルフレッドは、ハルの手を取り、指先を少年の鼻先に近づけた。

「よく見てみろ。指先には、複雑な渦巻き模様があるだろう。自分の十本の指、そして俺の指と比べてみろ」

「…………？」

ハルはまじまじと自分の指先を凝視し、次にウィルフレッドの指を検分して、「へえ」と感心したように言った。

「これが、指紋？」

「そうだ。指一本一本に違う模様があり、それは、ほかの誰とも一致しない。つまり、指紋というのは、個人の印のようなものなんだ」

ハルは面白そうに自分の指紋を眺めながら問いを重ねた。

「全然知らなかった。でも、それが何？」

「指紋は一生変わらないことが最近の研究でわかった。つまり、現場に残っている指紋を調べれば、犯人の手がかりになるわけだ」

「ええと……つまり、現場に残ってる指紋と同じ模様の指紋を持ってる奴が、犯人ってこと？」

「その可能性が高いということだよ。だから俺はエドワーズに頼んで、一連の娼婦殺人事件の現場から、できるだけたくさんの指紋を採取してもらった。むろん、場所が場所だ。ゆきずりの客の指紋、被害者の指紋……莫大な数の指紋が採れたことだろう」

水を向けられたエドワーズは、頬張ったパンを飲み下し、大仰に頷いた。

「そうそう。俺の部下たちが泣きながら夜なべで分析して、すごいことがわかったぜ。一連の事件現場に、ただ一人分だけ共通した指紋が残されてた」

ウィルフレッドの暗青色の瞳が、キラリと輝く。

「本当か、エドワーズ！」

「ああ。お手柄だろ。おそらくはそれが、犯人の指紋だ」

「でもさ、オッサン。せっかく犯人の指紋が見つかっても、犯人の目星がつかなきゃ意味ないんじゃないのか？」

「おう。お前、本当になかなか賢いな、小僧。それなんだが」

相変わらず小僧呼ばわりでハルを褒め、エドワーズはさらに得意げに言った。

「実は、犯人じゃないかと疑ってる人物がいる。娼婦殺しが頻発し始めたのとちょうど同じ頃、このニュータウンに戻ってきた貴族の男がひとりだけいるんだ」

「……戻ってきた？」

ウィルフレッドは眉をひそめる。エドワーズは深く頷いた。

「ああ。二ヶ月前に戻ってきて親父《おやじ》の職を引き継いだ……」

「エドワーズ、まさかそれは……！」

片手でウィルフレッドの言葉を止め、エドワーズは上着のポケットから何かを摘《つま》み出した。

「今回は、慎重だった犯人もヘマをした。昨夜《ゆうべ》の現場で、これが見つかったんだ」

彼が取り出したのは、真っ白い絹のハンカチだった。ウィルフレッドは、受け取ったそれを広げてみた。白いハンカチはところどころ乾いた血に汚れ、隅には金糸でイニシャルが刺《し》繡《しゅう》されている。

「あの女の死体をどかしたとき、シーツの間から出てきたんだ。こいつぁ、貴族の男が上着の胸ポケットに差すもんだろ」

「じゃ、このイニシャルは犯人の？」

「おそらくはな。どう思う、先生」

「E.B.L.……やはり、エリック・バーソロミュー・レスターか？」

ウィルフレッドは、さっき言いかけた名前を口にする。エドワーズは、我が意を得たりと頷いた。

「そう。ニュータウンで、そのイニシャルを持つ男はそいつひとりだけだ」

ハルは、ウィルフレッドの背後からハンカチを見下ろして訊ねた。

「そのレスターって、どんな奴？」

「二ヶ月前、父親の引退に伴って市議会議員の職を引き継いだばかりの若者だ。俺は社交界に疎いからよくは知らんが」

「いわゆる貴族の馬鹿息子の典型だ。たいした優男で、留学先では親の金で放蕩三昧《ほうとうざんまい》だったらしいぜ。まだ独身だがな」

「ふーん……」

「使用人に聞いたところじゃ、子供の頃から、屋敷で飼ってる動物を虐待して殺しちまうような残忍な奴だったらしい。マーキスに戻ってきてからは、屋敷の若いメイドに片っ端から手をつけてるそうだ」

「………」

母親のことを思い出したのか、ウィルフレッドは険しい面持ちで俯《うつむ》いた。彼の胸中を思うと痛々しくて、ハルは思わず目の前の広い肩に触れたくなる。だがウィルフレッドは、巧みに表情を消して顔を上げた。

「つまり、レスターが一連の殺人の容疑者だとあんたは踏んでいるわけだな、エドワーズ。だが……」

「いかにも、ハンカチだけじゃ証拠不十分だ。レスターの指紋と現場に残された指紋を照合する必要がある。しかしな、先生。相手は生粋の貴族、しかも市議会議員様だ。俺たちが出かけていって、指紋を採らせろと言うわけにはいかん。わかるだろ」

「それは確かに。下手をすると、名誉毀損《きそん》で署長とあんたの首が飛ぶな」

「そこでだ、先生。あんたの力を借りたい」

「……なんだって？」

　エドワーズはウィルフレッドのほうに身を乗り出して言った。

「あんたは上級市民だ。あんたなら、レスターからなんとか指紋を採れるだろう」

「……いったいどうやって」

「そりゃあんたが考えてくれりゃいい」

　さすがのウィルフレッドも、難しい顔で腕組みし、沈黙する。エドワーズはジャガイモのようにいかつい顔を引き締め、ウィルフレッドに頭を下げた。

「頼むよ、先生。貴族相手じゃ、決定的な証拠があるか現行犯じゃなきゃ、俺たちにできることはない。ここまできて泣き寝入りしたかねえんだ。あんただってそうだろ」

「それは……確かに。これ以上犠牲者を出したくはないし、もし本当にレスターが殺人者なら、そんな人間を市議会議員にしておくわけにはいかないな」

「そういうこった。貴族の身分に胡座《あぐら》をかいて、オールドタウンの人間を虫けらみたいにぶち殺して涼しい顔をしてる。そんな野郎が、俺はいちばん許せねえ。娼婦だって、食うために必死で生きてんだ。……力を貸してくれるだろ？」

　ウィルフレッドは嘆息した。

「……わかった。考えてみる」

「ありがたい。だが、できるだけ早く頼むぜ。これ以上犠牲者を出したくないんだ」

　そう言い残し、エドワーズは屋敷を去っていった。

「あのオッサン、顔は悪いけど、けっこういい奴なんだな」

馬車に乗り込むエドワーズを食堂の窓から見下ろし、ハルはそんなことを言った。去り際にチャウダーの出来を再度褒められ、気をよくしているらしい。

それとは対照的に、ウィルフレッドは椅子にかけたまま、物思わしげに薄い唇をへの字に曲げて言った。

「エドワーズは気持ちのいい男だ。だが、レスターの指紋を採れというのは難題だぞ。俺は貴族連中とつきあいがないからな」

「あー。あんた、そういう人づきあい苦手そうだもんな」

「大の苦手だ」

正直に認め、ウィルフレッドは深い溜め息をついた。それを、タイミングよく食後のお茶を運んできたフライトが聞きつけ、控えめに問いかけてくる。

「レスターとおっしゃいますと、あのレスター卿のことで？」

「いや、息子のほうだ。……事情があって会う必要があるんだが、面識のない議員に約束を取りつけるのは、至難の業だな……」

主人の前にティーカップを置き、少し考えていた執事は、顔を上げて「ああ」と声を上げた。

「事情は存じませんが、そういうことでしたら、今夜絶好の機会がございます」

「絶好の機会?」

紅茶をかき回すスプーンを止め、ウィルフレッドはフライトを見る。フライトはにこやかに言った。

「はい。今夕、議長様のお屋敷で、毎月恒例の舞踏会が開かれます。レスターの若様は華やかなことがお好きですから、必ずお越しになりましょう。旦那様にも招待状が来ておりましたよ」

ウィルフレッドは片眉を上げた。

「なるほど。だが、あの催しは……」

執事は澄ました顔で頷いた。

「必ず女性同伴で、ということでしたね」

「ああ。だが俺には、舞踏会に同行を願えるような女性の知り合いはいない」

「でしたら、議長様にでもどなたかのご令嬢をご紹介いただいては……」

「そんなことをしてまた縁談など世話されては、先方にも俺にもいい迷惑だ。御免被る」

「……はあ……」

それは本当に困りましたね……と言いかけたフライトは、とある人物に目を留め、明るいブルーの目を細めた。

それは、ウィルフレッドと一緒になって困った顔をしているハルだった。

少年の顔立ちと背丈と体格を十分に値踏みして、フライトは小さな咳払いをした。

「それでしたら、適役がここにおります」

「ここに？　誰のことだ」

「ハルですよ」

「……なんだと？」

フライトとウィルフレッドの視線が自分に集中しているのに気づき、ハルの顔から血の気が引いた。金髪の執事がろくでもないことを考えていると、本能が警告を発している。

「な……なんだよ。あ、俺、厨房に戻って野菜洗わないとっ、うわ！」

どうにも怪しい雲行きにハルはたじろぎ、部屋から出て行こうとした。だが、そのシャツの襟首を素早く摑んで捕獲し、フライトは実にあっさりと言った。

「お前、今夜、旦那様にお供して舞踏会に行っておいで」

「……はあ!?」

「おい。ハルは男だぞ。あの舞踏会は……」

「女性同伴。存じております。ですがハルなら小柄ですし、ドレスを上手く選んで化粧をすれば女性で通るでしょう」

思いも寄らないフライトの提案に、ウィルフレッドもハルもポカンと口を開けて呆然としてしまう。一足先に我に返ったのは、ハルのほうだった。

「じ、冗談じゃねえっ。確かに俺はチビで痩せっぽちだけど、女じゃないッ」

「そんなことはわかっている。だからこそ女装しろ、と言っているのだよ」

「ん、なこと……っ。そもそも、ぶ、ぶ、舞踏会なんてそんなお上品なもん、俺行ったことないし！　踊れないし！」

「旦那様も、お前に踊れとまではおっしゃるまい」

「そういう問題じゃねえ！」

子犬のようにギャンギャン噛みつくハルを横目に、ウィルフレッドも困惑の面持ちで口を開いた。

「しかしフライト。そんなことを……」

「適当な女性を見繕って同行させるのが嫌だとおおせなら、それしかありますまい」

「う……そ、それは……」

フライトは綺麗な弓状の眉を上げ、皮肉っぽい口調でハルに言った。

「ハル、お前はいつも旦那様のお役に立ちたいと言っていたと思ったのだが」

痛いところをつかれて、ハルはうっと言葉に詰まる。

「そ、それはそうだけど、でも！」

「今こそ、旦那様のお力になれるときだとは思わないのかね」

「う……うう……でも、女装なんて俺」

「フライト、無理強いは俺の本意では……」

気まずげに口を挟もうとする主人を完璧《かんぺき》に無視して、フライトは居丈高に言った。

「そうか、お前の決意は言葉だけか。がっかりだな」

あからさまに挑発目的の揶揄《やゆ》に、ハルはあっさり食いついてしまう。ウィルフレッドが制止する暇もなく、ハルの口から怒声が上がっていた。

「馬鹿にすんな！　やってやるっ！」

ウィルフレッドは頭を抱えた。彼が予想したとおり、ハルは両の拳を握りしめ、こう叫んだのだ。

「女装でもダンスでも、どんときやがれ！」

「よろしい。では、旦那様は、議長様に舞踏会出席の旨をお知らせするお手紙をご用意ください。すぐ先方に届けさせます」

さくさく話を進める有能極まりない執事を、ウィルフレッドは胡散《うさん》くさそうに見遣る。

「それはいいが、うちに女物のドレスなどなかろう」

「それはわたしがご用意いたします。ご心配なく。さ、ハル。旦那様はともかく、お前の支度には時間がかかる。今から取りかからなくては間に合わないよ。来なさい」

「う……あ、ああ」

フライトに促され、ハルは憤った顔つきながらもどこか不安げな視線をウィルフレッドに投げかけ、部屋を出て行った。

「エドワーズめ……。とんでもないことになりつつある気がするぞ……」

ひとり食堂に取り残されたウィルフレッドは、どんより曇った冬の空を眺め、長く深い溜め息をついた。


その日の夕刻。

「いかがでございましょう」

恭しくフライトに問われ、姿見を眺めたウィルフレッドは、不機嫌に顔を顰めた。

「派手すぎないか……?」

「まさか。これでも地味すぎるくらいです」

かつて紫色のジャケットを軽やかに着こなしてみせた執事は、平然と答える。ウィルフレッドはまだ納得いかない様子で、鏡の中の自分をしげしげ眺めた。

黒のジャケットとズボンは、マーキスに来たとき、一流の仕立屋に作らせたものだ。

前回着たのは、上級市民に序せられた祝いにと市議会議長が催してくれた舞踏会のときだった。そのときは瞳と同じ暗青色のベストを着たのだが、今日、フライトが出してきたのは、赤い生地に金糸で小花を一面に刺繍した、かなり華やかな代物だった。

「よくお似合いですよ。失礼、タイを直します。少しお顔を上に」

言われるがままに天井を見上げながら、ウィルフレッドは心配そうに隣室の様子を窺《うかが》った。

「静かだな。さっきまでは、壮絶な悲鳴が聞こえていたが」

隣室では、ポーリーンがハルにドレスを着せつけているはずだった。フライトは、小さく笑って言葉を返す。

「あの悲鳴は、おそらくコルセットを思いきり締められたせいでしょう」

「コルセット？　女装でもあんなものが必要なのか」

「いくらハルが痩せているといっても、やはり男の身体ですからね。ドレスが映える体型にするには、コルセットが不可欠です」

「……そういうものか……」

かつての妻が、メイド二人がかりできつく締め上げさせていた鎧《よろい》のようなコルセットを思い出し、ウィルフレッドは思わず顔を顰める。

そのとき、ウィルフレッドの寝室の扉がノックされた。

「入りなさい」

声をかけると、分厚い扉が静かに開いた。視界に飛び込んできた人影に、ウィルフレッドだけでなく、フライトまでもが息を呑《の》む。

ポーリーンに手を引かれ、いつもの勢いはどこへやら、しずしずと部屋に入ってきたハルは、二人の男の度肝を抜くのに十分な変貌《へんぼう》を遂げていた。

長い黒髪は細かい編み込みを施して美しく結い上げられ、ほっそりした身体はウィルフレッドのベストと同じ真紅のドレスに包まれている。

高い襟首や胸元、それに袖口《そでぐち》にふんだんにレースをあしらった清楚《せいそ》なドレスは、細く絞ったウエストから、床に向かってふんわりと裾《すそ》が広がっていた。

おそらく高いヒールの靴を履かされているのだろう。いつもより少し背が高く見えるハルの足取りは、ひどくぎこちなかった。

「予想外に化けたものだね、ハル」

フライトの言葉に、ハルは美しく化粧を施された大きな目をキリリと吊り上げた。

「うるせえ！　なんだよこれ。女の服って、何かの拷問か？　コルセットで息は苦しいし、ちっこい靴で足は痛いし！」

「帰ってくるまで、口は噤《つぐ》んでおきなさい。せっかく完璧に女に化けたのに、そんな調子で吠《ほ》えたのでは、我々の努力が台無しだ」

フライトは冷淡に言い放つ。半ば呆然とハルを凝視していたウィルフレッドは、ようやく掠《かす》れた声を出した。

「こんなドレスを、いったいどこで？」

フライトは、澄ました顔で答える。

「執事には秘密の人脈というものがございます。それより旦那様、もうお出かけになりませんと。馬車の用意はできております」

「そうだな。……行くか」

ウィルフレッドは懐中時計で時刻を確かめると、ハルに腕を差し出した。ハルの象牙色の肌に、仄《ほの》かに赤身が差す。

「な、なんだよ」

「その様子では、ひとりで歩けまい」

「う……ううう……」

悔しげに、しかし素直にハルは絹の手袋を嵌《は》めた手でウィルフレッドの腕に掴まった。

「女ってホントにこんな靴で歩いてんのか。踵《かかと》が高くて細くて、すげえ安定悪い」

本当に立っているだけでやっとらしく、ハルは容赦なくウィルフレッドに体重を預けてくる。

「……ドレスの裾を踏むなよ。転ぶぞ」

「わかってらあ!」

ほんのり桜色に彩られた唇でがなり立てるハルにうんざりした顔をしつつ、ウィルフレッドはいつもよりうんと狭い歩幅で歩き出した。

壮麗な議長公邸の大広間は、美しく着飾った人々で埋め尽くされていた。ウィルフレッドはハルを気遣いつつ、広間へ向から緩やかなカーブを描く階段を一段ずつ下りた。

ホストである市議会議長ホルボーン卿は、いち早くウィルフレッドの姿を認め、夫人を連れて歩み寄ってきた。

「これは珍客到来だな。君が舞踏会に来てくれるとは。明日は嵐《あらし》が来るかもしれん」

からかいを含んだにこやかな顔と声で言われ、ウィルフレッドは慇懃《いんぎん》に一礼した。

「ご無沙汰《ぶさた》いたしました。今宵《こよい》はお招きいただき、ありがとうございます」

昼間、フライトに教え込まれたとおりに、ハルも膝を軽く折って淑女の挨拶をする。

議長夫妻は、そんなハルの姿に少なからず驚いた様子だった。ふくよかな顔と体型の夫人は、微笑《ほほえ》ましげにハルを見て言った。

「まあ、こんな可愛らしい娘さんを、いったいいつどこで見つけていらしたの、先生」

「まったくだ。堅物で浮いた噂の一つもないと聞いていたのにな」

夫の議長も感慨深げに頷く。

「なるほど、君が異国人だから、相手のお嬢さんも異国風に装わせたのか。黒い髪とは思いきった趣向だが、実に素晴らしい。はてさて、どちらのご令嬢かな」

「実は、これは偶然遊びに来ていた知人の娘で、まだ故郷の社交界にも出ておりません。ここでお披露目してしまっては、彼女の両親に叱られます。今夜のところはお許しを」

こうなることを予測してフライトが考えたそつのない弁解を、ウィルフレッドは演技力ゼロの棒読みで口にする。

「まあまあ。それは大変。正式に社交界にデビューしていないお嬢さんをご紹介いただくわけにはいかないわね」

「うむ。だが、せっかく来たんだ、お忍びでゆっくり楽しんでいきなさい。ウォッシュボーン君、君もな」

議長夫妻の頭の中には、社交界に憧《あこが》れるおしゃまな娘と、可愛いおねだりに抗しきれず、舞踏会に連れてきてしまった甘い「親戚《しんせき》のおじさん」像が浮かんだらしい。笑って、ハルの素姓を詮索《せんさく》するのを諦《あきら》めてくれた。

ウィルフレッドもハルも、内心冷や汗をかきつつ、議長夫妻の前をどうにか辞すことができた。

「第一関門通過ってとこかよ」

「ああ。とりあえずこっちへ来い」

ウィルフレッドはハルの驚くほど細い腰を抱き、ホール中央の壁際へと導いた。空いた椅子に、ハルを座らせてやる。

「大丈夫か?」

豪奢な天鵞絨《ビロード》張りの椅子に腰を下ろし、ハルは恨めしげにウィルフレッドを見上げた。

「足痛くて死にそう。胸も苦しくて死にそう。慣れるかと思ったけど、全然無理」

扇で隠して不平を言う顔が、化粧していても青ざめているのがわかる。よほど息苦しいらしい。

「なんとか耐えてくれ。……あそこを見ろ。派手な緑色のベストを着た男だ。わかるか？」

ウィルフレッドは上体を屈《かが》め、ハルの耳元で低く囁く。ハルはウィルフレッドの目の動きを追い、小さく頷いた。

「あいつが、Ｅ・Ｂ・レスター？」

二人の視線の先には、令嬢たちを侍《はべ》らせて得意げに何やら大きな身振りで話している青年がいた。輝くような金髪を綺麗な巻き毛にして垂らし、明るい緑色の瞳と相まって、顔立ちはやたらに華やかだ。

「チャラチャラした奴。気に入らねえな。あんたのほうが、ずっと男前だぜ」

ハルは不愉快そうに鼻筋にしわを寄せる。ウィルフレッドは苦笑いした。

「比較されても困る。それより、ここまで来たはいいが、どうやってあいつの指紋を手に入れるかだな」

「え？　あんた考えてなかったのかよ？」

「考えたが、上手い方法を思いつかなかった」

「げー。意外に行き当たりばったりなのな、あんたって」

「すまん」

傍目には愛を囁いているようにしか見えない体勢で、ウィルフレッドは顰めっ面をする。

「どうすんだよ」

「どうしたものかな」

二人が顔を寄せ、ヒソヒソ話をしていたそのとき、ウィルフレッドは背後から肩を叩かれ、振り向いた。そこには、罪のない笑みを浮かべた市議会議長が立っていた。

「ぎ、議長……」

「お嬢さんの素性は詮索せんが、せっかく来たんだ、一曲くらいダンスを披露していきたまえ。君たちのためにワルツを演奏させよう」

「……は……いや、それはっ」

「さあさあ」

議長は戸惑うウィルフレッドをダンスホールの中央へと押し出してしまう。ウィルフレッドに手を取られたハルも、仕方なく大きな身体に寄り添った。周囲の人々は、笑顔と好奇の眼差しで二人を見守っている。ハルは青い顔でウィルフレッドに噛みついた……ただし小声で。

「お、おい！　踊れって言わない約束じゃなかったのかよ！」

ウィルフレッドも、当惑顔でハルの耳元に囁いた。

「踊れと言っているのは俺じゃない」

「んなことといったって、どうすんだよ。ああくそ、指紋どころじゃねえぞ！」

「……まったくだ。ハル、お前、本当に踊れないんだな？　少しもか？」

真顔で問われ、ハルは思いきり頷く。

「全然無理ッ。と、とにかく戻ろうぜ。俺ホントに踊れないんだから！」

「そうはいかん。議長夫妻に恥をかかせるわけにはいかない」

「じゃ、どうすんだよっ」

「じっとしていろ。俺の腰に右腕を回せ」

「……は？　うわあッ！」

次の瞬間、ハルは思わず悲鳴を上げていた。音楽が流れ始めるなり、ウィルフレッドは向かい合った姿勢でハルのウエストを強く抱き寄せたのだ。

身長差のせいで、ハルの足は完全に床から浮き上がってしまう。左腕だけで楽々とハルを抱いたまま、ウィルフレッドは自分の右手でハルの左手をしっかり握り、踊り始めた。

人柄そのままに正確無比なステップを踏みながら、ウィルフレッドはキレのいいターンを決める。見守るギャラリー……主に女性たちから、感嘆の声と溜め息が上がった。

「ちょ……っ、ウィルフレッド……！」

「我慢しろ」

「だ、って、苦しいんだって……ば！」

「だが、こうするよりほかがなかろうが」

「うー……っ」

抱き竦《すく》められ、息苦しさが増す。ハルは恨めしげな涙目でウィルフレッドを睨んだ。だがウィルフレッドは、涼しい顔で踊り続ける。ターンするたび、ハルのドレスがふわりと広がり、大輪の花が咲いたように見えた。

（くそ……苦しいししんどいし……でも）

目の前にあるウィルフレッドの顔は、この非常事態でもうっとりしてしまうほど引き締まり、整っている。短い髪をきちんと撫でつけ、額を露わにしているので、彼の理知的な雰囲気がなおさら際だって見えた。

（やっぱ、すごくかっこいいんだよな）

そう思うと、鼓動が勝手に速くなる。身体が密着しているせいで、自分がドキドキしているのを気取られてしまわないかと、ハルは生きた心地がしなかった。

やがてハルにとっては永遠とも思える時間が過ぎ、ようやく音楽が止まった。途端に割れんばかりの拍手が、二人を包む。

ハルをそっと床に下ろし、ウィルフレッドは胸に手を当ててエレガントな礼をした。ハルも慌てて膝を折る。二人が退くと、人々は再びホールに出て、思い思いに踊り始めた。

「ふー……ひどい目に遭ったぜ。あんた、すげえ怪力だな。俺を片腕で抱えて踊るなんて」

椅子に戻されたハルは、不満げながらも感嘆の眼差しでウィルフレッドを見上げる。

「検死官の腕力を軽く見るなよ。……苦肉の策だったが、どうにかなったな」

そう言ってちらと笑ったウィルフレッドは、すぐにいつもの厳しい顔つきに戻り、ハルに耳打ちした。

「……本来の目的のほうも、どうにかなりそうだぞ」

「……え？」

「さっきのダンスのおかげで、奴がお前に興味を覚えたようだ」

「は!?」

ウィルフレッドは、鋭い視線を走らせる。同じ方向を見たハルは、ギョッとした。

あの緑色の目を持つ青年……レスター議員が、遠くからハルをじっと見つめていたのだ。

その粘ついた光を放つ目は、ハルのよく知るものだった。

(同じだ。男娼を買いに来る金持ちの奴らと。……人間を、欲望を満たすための道具にしか見ない奴の目だ……)

舐《な》めるように全身を走る男の視線に軽い吐き気を覚えつつ、ハルはレスターの甘い顔の下に巧妙に隠された欲望と残忍さを肌で感じ取っていた。

「……あいつだ……」

「……ハル？」

「俺にはわかるよ。娼婦殺しの犯人、絶対あいつだ。あいつに見られると、肌がピリピリするんだ。気持ち悪ぃ」

そう言ってしばらく考え込んでいたハルは、ウィルフレッドを見上げ、毅然《きぜん》とした口調で言った。

「なあ。あんた、ちょっと離れててくれよ」

ウィルフレッドは、怪訝そうに眉をひそめる。

「何をする気だ」

「あいつの指紋、採れりゃいいんだろ。俺がなんとかする」

「だが」

「あの目は、俺にちょっかいかける気満々だ。けど、あんたが一緒にいちゃ、手ぇ出すに出せないだろ。遠くで見ててくれよ」

「……危ない真似はするなよ？」

「わかってるって。ほら、行けってば」

ハルに急《せ》き立てられて、ウィルフレッドは渋々ハルの傍から離れ、ホールの隅の太い柱の陰に身を隠した。ハルは扇で顔を隠し、澄ましたふうで座り続けている。

やがて……。

「おや、可愛いお嬢さんをひとり残して、検死官殿はどちらへ行ってしまわれたやら」

頭上から降ってきたそんな猫撫で声に、ハルはチラと視線だけを上げた。彼の前に立っていたのは、くだんのレスター議員だった。

まだ三十歳にはなっていないだろう。レスターは近くで見てもかなり整った顔をした美青年だった。だがその顔には知性ではなく、放蕩がもたらした怠惰の色が満ちている。

輝く金髪も派手な衣装も優雅な物腰も、どこか自堕落な印象をハルに与えた。

ハルがだんまりを決め込んでいると、レスターは甘い声音で言った。

「先ほどのダンスはなかなか斬新で素敵でしたよ。……お疲れになったでしょう。検死官殿がお帰りになるまで、あちらで休息なさっては？　僕がお供します」

彼が指さしたのは、休憩用に用意されている小部屋の一つだった。さりげなく、二人きりになろうと誘われているらしい。

この男に近づくには好都合とハルは頷き、立ち上がった。腰を抱こうとする男の手を微妙に身を捩《よじ》ってかわしつつ、柱の陰に視線を投げる。ウィルフレッドが見ていることを確かめ、ハルはレスターとともに小部屋に入った。

カチャリ、という小さな音で、男が後ろ手で扉を施錠したのがわかる。

（……ちょっとまずったかな）

誘いに乗ったことをハルは少し後悔したが、もはや手遅れである。開き直った気分で、ハルは座り心地のいいソファーに腰を下ろした。

室内には、軽食と飲み物が用意されたテーブルがあった。

「ワインでも？」

（……あ！）

レスターの言葉に、ハルは大きな瞳を輝かせた。

（ワイングラス！　持てば、必ず指紋がつく……！）

そこでハルは大きく頷いた。だが、手ずからグラスにワインを注ぐ男の手元を見て、ハルは落胆の溜め息をつく。レスターは、絹の手袋をしていたのだ。

（くそ。あれじゃ指紋が採れないじゃないかよ！）

こちらに向かって歩いてくるレスターの派手な緑のベストを見ながら、ハルは忙しく頭を回転させた。そして……。

「さあ、どうぞ……あっ」

ワイングラスを受け取るふりをして、ハルは指先でグラスを弾いた。グラスは割れこそしなかったが床に落ち、赤いワインがハルのドレスやカーペットに飛び散る。レスターは動じる様子もなく手袋を外すと、それでハルのドレスを拭《ふ》いた。

「大丈夫ですか、お嬢さん。……緊張しておられるのかな。うぶな人だ」

レスターは腰を屈め、無造作に……今度は素手でワイングラスを拾い上げる。ハルは心の中で歓声を上げた。

（やった！　これで、あのグラスさえ回収できりゃ……）

　レスターはテーブルにワイングラスを置き、ニヤニヤと笑いながらハルの隣に腰を下ろした。必要以上に密着され、ハルは内心毒づく。

（くそ、やらしい奴だな。ベタベタすんなってんだ。こちとら、指紋さえ採りゃ、お前に用はないんだよ……！）

「それにしても、可愛い人だ。僕はニュータウンに出入りするすべての女性を知っているが、あなたを見るのは初めてですよ。……ということは、あなたはこちら側の人間じゃない」

　そんな自信満々の台詞を吐いて、レスターは急に荒々しく、ハルの細い顎を片手で掴み、上向かせた。

「喋らないのは、こういう場所での口の利き方を知らないから……違いますか？　そして、ダンスのステップもご存じない。ということは、あなたはオールドタウンの人間だ」

　ハルはギョッとしたが、レスターは楽しげにハルに顔を近づけ、さっきまでの紳士然とした態度をかなぐり捨てて粘っこい口調で囁いた。

「そして、ニュータウンの男と知り合ってこんな場所に同伴するといえば……娼婦と相場は決まってる。どうだ、図星だろ」

「うッ」

　顎を掴む手にぐっと力を入れられ、ハルは痛みに思わず小さく呻く。それでも、自分が男だと気取られていない以上、意地でも声を出すわけにはいかなかった。

「あんなお堅いふうを装って、検死官殿もなかなかやる。舞踏会に娼婦同伴とはね。……それに、なかなか趣味もいい。俺も娼館には足繁く通うが、お前のように異国情緒溢れる女を見かけたことはない」

「……ッ！」

ぐっと体重をかけられ、ハルはそのままソファーに押し倒された。男の体重が、容赦なくハルの華奢な身体をクッションに沈み込ませる。

（畜生。何しやがるって言いたいけど……）

ハルは歯噛みした。

皆に自分がウィルフレッドの連れだと知られている以上、自分の素性が上流階級の娘ではなく、オールドタウンの元男娼と知れては、ウィルフレッドの立場が悪くなるに違いない。そう思うと、意地でも声を出せなかった。

「どうした。悲鳴を上げてみろ。音楽がうるさくて、きっと誰にも聞こえないぞ。無駄だろうが、検死官殿を呼んでみちゃどうだ。……それとも、金切り声を上げるには、まだ恐怖が足りないか？」

カエルをいたぶる蛇のような残忍な口調でそう言い、レスターはジャケットの内ポケットを探る。

（こいつ……何する気だよ）

男の手がポケットから引き抜かれたとき、ハルの喉がヒッと鳴った。その手に握られていたのは、鋭い細身のナイフだったのだ。

「検死官の馴染《なじ》みの娼婦を殺すってのも一興だな。上流階級の人々の前で、あの正義の権化のような男の顔が羞恥に歪むさまを見るのは、さぞ楽しいだろうね」

「……あんた……」

ハルは思わず掠れ声を上げていた。あまりに微かだったので、レスターは声の低さには気づかず、楽しげに喉声で笑った。

「そう、オールドタウンの娼婦なら知っているだろう？　娼婦を切り裂いて殺す男の噂を。……どうせお前はここで死ぬんだ。教えてやろう。あれは、俺の仕業だよ。どうだ、驚いたかい」

（やっぱり……こいつだったんだ！）

レスターの緑の瞳には、異様な光が宿っていた。ハルの喉に、ぴたりとナイフが押し当てられる。冷たさと同時に、ピリッとした痛みが走った。ほんの少し、鋭い刃で皮膚が切れたのだろう。

（こいつ……正気じゃねえ）

「な……んで、そんな……こと……」

恐怖と怒りで身体が震える。それを堪《こら》え、わななく声で問いかけたハルに、レスターは恍《こう》惚《こつ》とした面持ちで答えた。

「なぜ？　楽しいからさ。女のか細い身体が震え、美しい顔が恐怖に歪むのを見るのがね。そして白くて美しい胸や腹を切り裂き、溢れる熱い血に手を浸すのは、どうにも快いのだよ。さあ。お前も俺を楽しませてくれ。俺が手にかけたほかの女たちと同じように」

「や……やだ……ッ！」

ハルは、必死で両腕をばたつかせた。だが、レスターの腕力は予想外に強く、ハルの抵抗などものともしない。

「くそ……ッ」

視線を四方に走らせたが、手の届くところに武器になりそうなものはなかった。視界に、テーブル上のワイングラスが映る。

（あれさえウィルフレッドに渡せれば……。でも、さっきこいつ、鍵《かぎ》かけてたよな。いくらウィルフレッドでも、ここには入ってこられないし。で、でもこのままじゃ……！）

レスターはハルの決死の抵抗を楽しんでいるらしく、すぐに首をかき切ろうとはしない。やたらにナイフをハルの顔近くにちらつかせ、ハルの顔が恐怖で引きつるのを楽しんでいる。

「この……変態野郎ッ」

思わず口に出した罵倒の言葉に、レスターは甲高い声を上げて笑った。

「はははは、お里が知れるね。下品な物言いだ。……さて、あまり長引かせて、検死官に嗅《か》ぎつけられても面倒だ。そろそろ楽にしてあげようか、可愛い人」

ハルの両手首を片手で押さえつけ、レスターは右手でナイフを高く振りかざした。狙《ねら》いは、ハルの胸元だ。

「……ッ！」

(もう、駄目だ……！)

ハルは死を覚悟して、ギュッと目をつぶる。だが次の瞬間、ハルが感知したのは、自分の胸に突き刺さるナイフの衝撃ではなく、ガラスが割れるけたたましい物音だった。

「な、なんだお前……うわあッ！」

頭上で悲鳴が聞こえたと思うと、自分を組み敷いていた男の体重がふわりと消える。両手をいきなり解放され、誰かが争うような物音を聞いて、ハルはこわごわ目を開けた。そして、驚きの声を上げる。

「ウィルフレッドッ！」

目の前で、憤怒《ふんぬ》の表情をしたウィルフレッドが、レスターの胸ぐらを摑んでいる。

「け……んし、かん……ッ」

「貴様、ハルに何をした！」

「う……ぐはあッ」

レスターに答える隙《すき》すら与えず、ウィルフレッドは右の拳を固め、恐怖におののくレスターの顔を容赦なく打ち据えた。レスターはそのまま吹っ飛び、カーペットに大の字にひっくり返る。

「ハルッ！　大丈夫か！」

ソファーにどうにか起き上がり、荒い息をつくハルの前に、ウィルフレッドは駆け寄った。床に跪《ひざまず》き、心配そうにハルの頬に触れる。ハルは、どうにか頷き、まったく動かないレスターを見た。

「あいつ……まさか、死、死んで？」

「いや。気絶しているだけだ」

「そっか。……って、それにしたって大丈夫かよ、議員、殴っちまって」

「議員とはいえ、まさしく殺人未遂の現行犯だ。問題ない。……それより、首から血が出ている。あいつにやられたのか」

血相を変えて傷に触れるウィルフレッドに、ハルはどうにか弱々しく微笑し、かぶりを振ってみせた。

「平気。皮一枚だよ。……それより、あれ！　ワイングラス！　あいつが素手で触ったんだ。これさえあれば、指紋が採れるだろ」

健気《けなげ》にそう言うハルをじっと見つめていたウィルフレッドは、やがてハルをギュッと抱きしめた。

「ウ……ウィルフレッド……？」

「無事でよかった。扉に鍵がかかっていたから、庭から回り込んだんだ。今度こそ、間に合ってよかった……」

服越しに、ウィルフレッドの速い鼓動がハルの胸に伝わる。ふと窓のほうを見たハルは、ギョッとした。ガラスが割れ、破片が床に散らばっている。

「あんた……窓破ったのか！　怪我とかしてない？　あんたこそ、大丈夫かよ」

「平気だ。……さあ、立てるか？　ホールに戻り、議長にことの次第を説明して、警察を呼ぶとしよう」

「俺……ちゃんとあんたの役に立てた？」

「ああ。とてもな。……だが、こんな無茶はもうしてくれるな。でないと、俺の寿命がそのたびに縮まってしまう」

ウィルフレッドはハルの身体を支え、立ち上がらせる。ウィルフレッドの力強い腕に抱かれ、ハルはようやく安堵《あんど》の息をついた。

それから数十分の後。

「まったく。確かにレスターの指紋を採ってくれと頼んだのは俺だが、こんな危ない橋を渡ったり、やっこさんをのしたりしてくれとは言ってないぜ、先生」

駆けつけたエドワーズは、「現場」を見て嬉しいような困ったような複雑な顔になった。

ウィルフレッドは、苦笑いで謝る。

「すまん。少々派手にやってしまった。だが、お望みの指紋はそこにある。そして、ハルが奴に殺されかけた。凶器も床に転がっているぞ」

「ほら、見てみなよ、オッサン。ここ。ここ切られたんだぜ、レスターの奴に！」

自分が優雅なドレス姿なことをすっかり忘れ、ハルは傷ついた首筋を得意げに指し示す。

エドワーズは、ごま塩頭を掻《か》いて「やれやれ」と言った。その背後を、気絶したレスターを乗せた担架《たんか》を担いだエドワーズの部下たちが通り過ぎていく。

「ったく。小僧、お前、たいした化けっぷりだぜ。黙ってりゃ、完璧に女にしか見えねえ。先生も意外に趣味がいいよな。……それはともかく、署までご足労願うぞ、二人とも。こうもやらかしてくれちゃ、形ばかりだが取り調べを受けてもらわにゃならん」

「……だ、そうだ。もう少しその格好で我慢できるか、ハル」

「仕方ねえ。頑張る」

さっきまでの興奮が続いていて、息苦しさを一時忘れているのだろう。心配そうなウィルフレッドに、ハルは元気よく頷いてみせた。

警察署での取り調べを終え、ウィルフレッドとハルが屋敷に帰り着いたのは、夜もすっかり更けた頃だった。

先に休めとウィルフレッドが指示しておいたので、使用人たちは皆自室に引き取り、屋敷の中は静まり返っている。

「うー……苦し……」

「もう少しだけ我慢しろ」

ウィルフレッドはもはや限界の体のハルの手を引いて階段を上り、二階の寝室へと向かった。

「ちょ、俺、自分の部屋で着替えるって」

「馬鹿を言うな、そのドレスがひとりで脱げるものか」

ジタバタするハルをベッドに座らせ、ウィルフレッドはカーペットに片膝をついた。彼の意図を察して、ハルは慌てる。

「んなこと……！」

「いいから。コルセットを嵌めていては、屈むこともできまい」

確かにそのとおりで、ハルはウッと言葉に詰まる。ウィルフレッドは、そんなハルの足から窮屈な靴を脱がせてやった。ようやく苦痛の元凶の一つから解放され、ハルはホッとした顔つきで立ち上がる。

「後ろを向け」

短く命じて、ウィルフレッドはハルのうなじのボタンを外し始めた。ハルは気恥ずかしそうに突っ立っている。

長身を屈め、ズラリと並んだ小さなボタンを外し終わると、ウィルフレッドは注意深くドレスを脱がせた。それをソファーに置くと、いよいよハルの上半身をこれでもかと締め上げているコルセットを緩めにかかる。

「……なんか、悪いよ。あんたにこんなことしてもらって」

おとなしくされるがままのハルは、それでも申し訳なさそうにそんなことを言う。ウィルフレッドは苦笑いで答えた。

「もとをただせば、俺の都合でお前をひどい目に遭わせてしまったんだ。気にするな。それにしても、猛烈に締め上げたものだな」

「は……やくしてくれよ。もう、胸がつぶれちまいそう」

「もう少し待て……。よし、これでなんとか」

ようやくきつく結ばれた結び目がほどけ、ウィルフレッドはコルセットを力任せに緩めてやる。コルセットを脱ぎ捨てたハルは、思いきり深呼吸した。

「はー。生き返った！」

「よかったな」

こちらも安堵して……しかし次の瞬間、ウィルフレッドは今さらながら目のやり場に困ってしまった。何しろ目の前のハルは、リネンの薄い下着とペチコートというとんでもなく扇情的な姿をしているのだ。

突然狼狽えたウィルフレッドに、ハルは顔を顰め、そして自分の今の姿に気づいて頬を赤らめた。

「あ……あのさ……」

「……なんだ」

さりげなく目を逸らし、ウィルフレッドはそれでも律儀に返事をする。ハルはそんなウィルフレッドの腕にそっと触れた。

「あんた、俺が好きって言ったじゃん」

「あ……ああ」

明後日のほうを向いたまま、低い声で答えるウィルフレッドの肩に、ハルはそっと額を押し当てる。

「キスしたい『好き』だって言ったじゃん」

「……ああ」

「こんな……ときなのに。二人っきゃいないのに、しないのかよ」

「…………っ」

その言葉を聞くなり、ウィルフレッドは普段の彼からは想像もつかない荒々しさで、ハルをギュッと抱きしめた。

「……ウィル……っ？」

さっきまでのコルセットとはまた違う、温かいが息が詰まるような抱擁に、ハルは驚いて硬直する。ハルを抱いたまま、ウィルフレッドは押し殺した声で囁いた。

「こんなときだから……キスなどしようものなら、それだけでは済まなくなる」

どこまでも生真面目な言葉に、ハルはホッと安堵の息を吐き、囁き返した。

「……俺のこと、ほしい？」

「ああ。……なぜ笑う」

クスリと笑ったハルは、ウィルフレッドの肩に押し当てていた顔を上げ、至近距離にある端正な顔をじっと見つめた。

「人が笑うのは、嬉しいからだろ」

「……俺がお前をほしがるのが、嬉しいか」

「嬉しいよ。だってあんた、俺のこと好きって言ってからも、ずっとキスしかしてくれなかったじゃん。……だから……」

「だから？」

「やっぱ嫌なのかなって思ってた。ほら、俺身体売ってたし、あんた見たんだろ。あんとき、俺があいつらに滅茶苦茶にされたとこ」

ハルの声は、小さく震えている。ウィルフレッドは、皆まで言わさず、指先でハルを黙らせた。そして、熱を帯びた声で囁いた。

「そんなことを心配していたのか」

「だって、あんな奴らに好きにされた身体だし、汚いって思われてんじゃないかって」

「馬鹿を言うな」

力強く否定され、ハルは安心した表情になる。ウィルフレッドは、まだ化粧を施されたままのハルの頬を撫で、囁いた。

「お前は美しい。俺はそう思う」

この上ないストレートな褒め言葉に、ハルの顔はたちまちぼうっと上気する。

「そ、そ、そんなこと……！」

「お前の顔かたちも生き方も、真っすぐで綺麗だ。だからこそ……俺はお前を守ってやりたいと思う」

「で、でもっ。男娼だったんだもん。俺の身体は少しも綺麗じゃゃ……」

「気に病むな。意に染まない行為は、断じて交わりではない」

「……ウィルフレッド……」

「お前が望んで閨《ねや》をともにする人間は、俺が最初……そうなんだろう？」

「ああ」

「だったら、俺がお前の最初の男だ。……そう思え」

「ウィルフレッド……んっ」

深く唇が重なり、そのまま二人はベッドに倒れ込んだ。

「ん……う、うん……っ」

深く舌を絡め、互いの身体をきつく抱きしめる。ウィルフレッドの大きな手が、美しく結い上げられたハルの髪をまさぐり、解いていく。愛おしげにキスされ、触れられて、ハルは体内に確かな熱が生まれ、育っていくのを感じた。

ところが、ハルがウィルフレッドのベストに手をかけたとき、彼は急に狼狽《ろうばい》し、唇をもぎ離した。

「ち、ちょっと待てッ！」

手首を摑んで制止され、ハルは不満げに口を尖らせる。

「なんだよ。俺に脱がされるのは嫌か？」

それに対して、ウィルフレッドは驚愕《きょうがく》の面持ちでこう言った。

「それ以前の問題だ。なぜ、衣服を剝ごうとする」

「は？」

ハルは面喰らって、自分を組み伏せている男をまじまじと見上げた。

「なんでって……。まさか北の国じゃ、着たますすんのかよ」

「ひ、必要箇所をくつろげるだけで用は足りるだろうが」

大真面目にそんなことを言うウィルフレッドに、ハルは呆れ顔で言い返した。

「なんだよそれ。北の国は寒いからか？」

「というより、慎みがだな……」

「は？　あんた、俺のこと好きなんだろ？」

「あ、ああ」

「俺だってあんたが好きだよ。だったら、お互い直にさわりたいって思うもんじゃねえの？　俺だって、客相手なら着たまんまのが助かったけどさ」

「そ……それは……そうだが」

「だったらいいじゃん。脱ごうぜ。ここまできて照れたって意味ないじゃん」

「う……」

「いいから！」

ハルは器用に手を動かし、ベストとシャツのボタンをさくさくと外していく。

「なら……お前も脱ぐのか？」

「当たり前だろ。何、脱がしてくれんの？　別に無理しなくったって……」

「何もしないでは手持ち無沙汰だ」

ウィルフレッドは緊張しきった面持ちで、ハルの下着に手をかけた。

「……指、震えてるぜ？」

「うるさい」

噛みつくように言い返し、しかし本当に細かく震える指先で、ウィルフレッドは薄い下着を脱がせ、ペチコートを剝ぎ取る。そのぎこちなさに、ハルは目の前の男がやけに可愛く思えてきた。

やがて二人は、一糸纏《まと》わぬ姿で抱き合った。暗い部屋の中で、ベッドサイドに置かれた燭《しょく》台《だい》の炎だけが、二人の肌を淡く照らしている。

「ハル……」

低い声で名を呼び、ウィルフレッドはハルの頰を包み込むように触れた。

「……ん……」

それに応《こた》えて、ハルはわずかに仰向き、目を伏せる。ウィルフレッドの唇が、そっとハルの唇に重ねられた。

まるで十代の少年のように、ウィルフレッドは触れるだけの口づけを何度も繰り返す。額に、頰に、鼻先に、そしてまた唇に。

これまで酒場の二階の狭く小汚い部屋で、ただ乱暴に抱かれるばかりだったハルには、そんな稚拙なキスがかえって新鮮だった。心臓がドキドキして、全身が火照《ほて》ってくる。

「ウィルフレッド……」

ハルは半ば無意識に、ウィルフレッドの首にふわりと腕を回していた。それを合図に、与えられるキスは徐々に深く、激しくなっていく。

「ん……ふ、う……っ」

差し出した舌先に軽く歯を立てられ、ハルの身体がピクッと震える。

荒削りなキスを続けながら、いつもは自信に満ちてメスを振るうウィルフレッドの手は、おずおずとハルのほっそりした身体に触れた。ハルは笑いながら身を捩る。

「ぷっ……くすぐったいってば」

「す、すまん。本当に愛しいと思う人間に触れるのは初めてで……どうにも戸惑う」

「そんなの俺だってだよっ」

ハルは急き込むように言った。

「ね……念のためもういっぺん言っとくけど、俺、商売じゃなく、無理やりでもなく誰かと寝るの、こ、こ、これが本当に初めてなんだからなッ！」

「わかっている」

ウィルフレッドはハルの熱くなった頬を指先で探りながら言った。

「だからこそ、優しくしてやりたいと思う。だが、なにぶん不器用な質《たち》で困る」

こんなときにまで正直すぎる告白をする男に、ハルは半ば呆れて問いかけた。

「なあ。前にあんた、奥さんのこと全然好きじゃなかったって言ってたよな」

「ああ。政略結婚だったからな」

「その前後に、恋人とかいなかったわけ？」

「いない。以前にもそう言っただろう。なぜ何度もそんなことを訊く？」

ハルは鼻筋にしわを寄せ、胡散くさそうにウィルフレッドを見て訊ねた。

「だってあんた、ちょっと暗いけど男前じゃん？　俺が女なら、ほっとかないけどな。ってことは、これまで売春宿の常連だったってわけかよ」

「そんな場所に行ったことはない」

「一度も？」

「誓ってない」

「……ってことは……」

ハルは透かすようにウィルフレッドの端正な顔を見た。

「もしかしてあんた、これまで奥さん以外の女と寝たことないのか？」

「…………」

「男とも？」

「…………ない」

「ぶッ」

思わず吹き出したハルの頭を、ウィルフレッドは悔しそうに小突く。いつもは白いその顔が、暗がりでも明らかに赤らんでいた。

「笑うな。悪いか！」

「や……わ、悪くない。ただ、きっちりした奴だとは思ってたけど、そこまでとは思わなかったからさ。……でも」

「でも、なんだ」

つっけんどんに問い返すウィルフレッドに、今度はハルが少しはにかんだ笑顔でボソリと言った。

「……嬉しいよ。なんてえか、俺のこと、ホントに好きだって言ってもらったみたいでさ」

「当たり前だ。お前が本当に好きでなければ、こんなことになるものか」

「……だよな」

「お前が好きだ。……心底、愛しい」

囁いて、ウィルフレッドはハルに口づける。確かな重みと温もりを感じつつ、ハルはウィルフレッドの広い背中を両腕で抱いた。

「……あ……っ、ふ……！」

大切な宝物を扱うように、ウィルフレッドはハルの全身にくまなく触れ、キスを落とした。きつく吸われた箇所がジンと痺《しび》れ、そこから不思議な熱が生まれて身体じゅうを巡り、腰に集まっていく。

「こんな……の……っ、知らな……」

これまでハルは、客を興奮させることに没頭していて、自分の快感など気にも留めなかった。だがウィルフレッドは、ただひたすらハルを気持ちよくさせようとしているのがわかる。他人の手と唇で高められていく自分に戸惑い、ハルはギュッとウィルフレッドにしがみついた。

細い首筋に唇を滑らせつつ、ウィルフレッドはハルのすんなりした足をふくらはぎから太腿《ふともも》へと撫で上げた。白い内股に手をかけ、開かせた足の間に自分の身体を割り込ませる。

「……あっ！」

緩く立ち上がったそれをウィルフレッドの大きな手に包まれ、ハルは思わず高い声を上げた。無骨な手に緩急をつけて扱《しご》かれると、ハルの茎はたちまち反り返り、細い腰が揺れる。

衣擦《きぬず》れの音が、新たな興奮を誘った。

「ふ、あ、ああ……っ」

物慣れない愛撫《あいぶ》に思いがけない快感をもたらされ、ハルは喘《あえ》ぎつつもウィルフレッドの股間《こかん》を探ろうとした。その手をやんわりと振り払い、ウィルフレッドはハルの耳殻に囁きを落とした。

「そんなことはしなくていい」

「な……んで……っ」

「お前を見ているだけで、俺は十分に昂《たか》ぶる。触れる必要などない」

「あ、あんた……っ、正直すぎ、あ、ああっ、ん……」

ざらついた指先が、尖端《せんたん》からこぼれる雫《しずく》をすくい取る。濡れた指が後ろに触れるのを感じて、ハルはギョッとした。

「ちょ……んなこと、しなくても……ッ」

身を捩って逃げを打つハルの身体を押さえつけ、ウィルフレッドは宥めるようにハルにキスして言った。

「俺は客じゃない。お前を苦しめたり、ひどくしたくはないんだ。お前も……よくしてやりたい」

「……ぅ……」

ハルの潤んだ黒い瞳と、至近距離にあるウィルフレッドの暗青色の瞳が見つめ合う。再び深く唇を合わせるのと同時に、ウィルフレッドの指がハルの内部に深く差し入れられた。

「ッ！」

体内を探られる刺激にハルは息を呑む。だが悲鳴はキスに吸い取られ、甘い呻きが鼻から漏れただけだった。

「……っ、ん、んんーっ……！」

男と寝た経験がなくても、解剖学的知識は豊富なウィルフレッドである。折り曲げた指にポイントを突かれ、ハルの身体がひときわ大きく跳ねた。

「いい……のか？」

いつもはどこまでも冷たい印象の男の声が、熱く掠れている。首筋にかかる乱れた息が、ウィルフレッドも興奮しているのだとハルに教えた。

「いい……だいじょぶ、だから……っ」

ハルはウィルフレッドの首筋にすがりついた。互いの汗ばんだ胸が密着し、激しい鼓動が同じリズムを刻む。耳元で「わかった」という声が聞こえ、ハルの両足は高く抱え上げられた。

「っ、ふ、う、うう……くっ」

押し当てられた楔《くさび》は、ウィルフレッドの秘めた情熱そのままに熱く、硬い。そしてそれは、圧倒的な質量をもって、ハルの身体をゆっくりと貫いた。

「……つらい……か……？」

そう問いかけてくるウィルフレッドも、眉をひそめ、つらそうな顔をしている。自分を気遣って、激しく抱きたい衝動を堪えているのだと気づき、ハルの瞳に涙が溢れた。

「ハル？　痛むなら俺は……」

「馬鹿っ、痛くて泣いてんじゃないッ。俺……優しくされんの、慣れてないんだ」

「これから慣れればいい。……動いてもいいか……？」

ハルがこくんと頷くと、ウィルフレッドはゆっくりと抽挿《ちゅうそう》を始めた。最初は浅く、しかし徐々に深く、強く……。

「あ……こんな……の、嘘……っ」

激しく揺すられながら、ハルは悲鳴にも似た嬌声《きょうせい》を上げた。客とのセックスでは一度も感じたことがなかった快感が、背筋を電流のように駆け上る。互いの下腹で擦られるハル自身は、痛いほどに張りつめ、雫をこぼし続けていた。

「なんで……こんなに、感じ……あ、やぁ、怖い……こわい……よっ……！」

「怯えることは……ない」

ハルの身体の奥底を強く突き上げながら、ウィルフレッドは言った。欲望に掠れ、獣じみた呼吸の合間に吐き出される声は、それでもハルを温かく包み込んだ。

「だ、って……はっ、あ……」

「互いに想い合っているなら……互いに高まるのは当然のことだ」

「あんたも……？　あんたも、感じてる……？」

「油断すると……危ういほどに」

「……ホント……あんた、正直すぎ……あ、あ……っ」

だからお前も素直に感じろ……と口移しで囁きを吹き込み、ウィルフレッドはハルの足をさらに高く……自分の肩に抱え上げる。

「うあ、な……は、あ、ああ……っ！」

これ以上ないほど深い場所を熱塊が擦り上げ、貫き、押し開いていく。

「ウィル……俺、もう……っ、あ、はああッ！」

ひときわ強く突き上げられた瞬間、ハルはたくましい背中に思いきり爪を立て、愛された証《あかし》を迸《ほとばし》らせていた……。


「……ん……」

眩しい朝の光に、ハルは目を覚ました。

（こんなに明るくなっちまってる。オーブンに火を入れないと！）

いつものように勢いよく起き上がろうとして、ハルは低く呻いてベッドに突っ伏してしまった。

「……ってー……」

腰に鈍い痛みがある。その原因が何かを思い出すのと同時に、傍らで眠る男が目に入った。

「そっか、俺、昨夜……」

呟く声が嗄《か》れている。

昨夜は、意識が溶けてなくなるまでひたすら抱き続けられた。ハルが我を忘れて快楽を追えるようになるまで、ウィルフレッドは容赦しなかった。それでも、徹底的に気遣われ、慈しまれた記憶がある。

(優しく……してもらった……)

身体は泥のように疲れていても、心はとても穏やかで、満たされていた。

「ウィルフレッド……」

ウィルフレッドは、無防備なほどぐっすり眠っている。乱れて額に被《かぶ》さった前髪のせいか、鋭い暗青色の目が閉ざされているせいか、その顔は、いつもより若々しく……どこか少年の面影を残しているように見える。

(なんか……可愛いな……)

ハルはそっと顔を近づけ、薄く開いたウィルフレッドの唇に歯を立てた。動物のようにカリッと齧《かじ》ってから、そこをぺろりと舌先で舐める。

「……う……？」

その刺激に薄く目を開いたウィルフレッドは、間近にハルの顔を見ると、淡く微笑した。

「おはよう」

「……おはよ」

いつもの挨拶が、今朝は少し照れくさい。

「俺、朝飯の支度手伝わなきゃ」

小さなキスを交わしてから、ハルは起き上がろうとした。だが、ウィルフレッドはハルの腕を摑んで引っ張り、自分の上に引き倒してしまう。

「わっ！　な、何すんだよっ」

「まだ早い。もう少し眠ろう」

たくましい胸に抱き込まれ、物憂げに囁かれて、ハルはジタバタともがく。

「駄目だって！　あんたは寝てりゃいいけど、俺は起きないと」

「屋敷の主である俺がいいと言っているんだ。寝ていろ」

「だ、だってそのうち、フライトさんがあんたを起こしに入ってくるじゃん！」

「出て行く必要はない。どうせフライトのことだ、すべてお見通しだろう。今さら隠しても始まらん」

「そんなっ……」

「他人はともかく、屋敷の者にお前が俺の恋人だと知らしめて、何が悪い」

「こ、こ、こ、こ、恋人……！」

思わぬ言葉に、ハルはウィルフレッドに抱かれたまま、酸欠の金魚のように口をパクパクさせる。その反応に、ウィルフレッドはひどく不安げに問いかけてきた。

「……違うのか？」

冷徹な検死官とは思えない子供っぽい表情に、ハルの胸は喜びと愛おしさで満たされていく。

身体と心の両方に、お前は愛されているのだと教え込んでくれた男に、ハルは自分からそっと口づけた。

「ハル……？」

「違わない。……でもそんな言葉、俺には一生縁がないと思ってたから、ビックリした」

一息にそう言ってから、ハルは温かなウィルフレッドの胸に頬を押し当て、囁いた。

「俺……初めて、生まれてよかったって思った。幸せって……こういうことなのかな」

ウィルフレッドは、ハルの艶《つや》やかな黒髪を梳《す》き、白い額に口づけて言った。

「お前がここにいてくれてよかった、ハル」

「……ん……」

抱き寄せてくれる力強い腕に身を任せ、ハルはそっと目を閉じた。白い真綿のような睡魔は、少年を再び眠りの世界へと誘《いざな》った。


二人が素っ裸のままベッドの中で、笑いを噛み殺した顔のフライトからレスター議員逮捕の報《しら》せを聞くはめになるのは、それから一時間後のことだった。

旦那様の休日

それは、ハルがウォッシュボーン家の使用人になって、二ヶ月ほどしたある夜のことだった。

「ハル、ちょっと」

ブリジットを手伝って皿洗いをしていたハルは、離れたところから呼ばれ、皿を持ったまま振り返った。厨房《ちゆうぼう》の戸口に、フライトが立っている。

屋敷の主人であるウィルフレッドの夕食はとうに終わり、執事のフライトは、ハルたちほかの使用人とは別に、自室で食事を摂《と》っているはずだった。

「どうしたのさ、フライトさん。何か、出すの忘れてるもんあったっけ？」

金髪の執事は、小さくかぶりを振った。

「いや、わたしのことじゃない。旦那《だんな》様がお前をお呼びだよ、ハル」

ハルはギョッとした顔をした。

「俺？　な……何か、味つけ間違えたかな。それとも、野菜、やっぱりしくじってたかも。片手間にやってたから、茹《ゆ》で時間が少し長すぎた気がしてさ」

だがフライトは、小さく肩を竦《すく》めて曖昧《あいまい》にそれを否定した。

「旦那様のご様子を見る限りでは、お叱《しか》りではなさそうだがね。とにかく、身なりを調えてすぐに書斎へ行きなさい」

「わかった！　ブリジット、ごめん、あとよろしくな」

「ああ、いいともさ」

年老いた料理人は、眠そうな顔をしつつも、背中を丸め、丁寧な手つきで皿を洗い続けている。ハルは厨房を飛び出し、階段を駆け上がった。

厨房は一階だが、使用人部屋は三階……新入りでいちばん若いハルの部屋は、それよりさらに一階上の屋根裏部屋である。

屋根裏といっても、天井がやや低く、斜めになっている以外は普通の部屋と変わりないし、十分に広くて清潔だ。大きな窓からは町並みが見渡せて、ハルはこの新しい住処《すみか》がとても気に入っていた。

洗いたてのシャツに着替え、髪に櫛《くし》を通してから書斎を訪れると、ウィルフレッドは部屋着にガウンというくつろいだ服装で、それでもまだ机に向かって書類にペンを走らせていた。

「ああ、来たか、ハル」

確かに、叱責《しっせき》するつもりではないらしい。ウィルフレッドが穏やかな表情をしているのにホッとしつつ、ハルは訊《たず》ねた。

「うん。何？　書類作るの手伝う？」

「いや……ああ、そうだな。せっかくご足労願ったんだ、少し手伝ってもらおうか。そっちに書き上げた報告書を積んであるから、一件ずつ紐《ひも》で綴《と》じていってくれ」

ウィルフレッドは、うずたかく積まれた書類を指さして言う。それならおやすいご用と、ハルは書類を抱え、スプリングの柔らかなソファーに腰を下ろした。

書類の角をきっちり揃《そろ》え、千枚通しで穴を開けてから、黒い紐で丁寧に綴じていく。すっかり慣れっこの作業にハルが没頭していると、ウィルフレッドが手を止めず、視線も書類に落としたままでボソリと言った。

「…………ることにした」

「え？　何か言った？」

低い声を聞き取れなくて、ハルは顔を上げた。ウィルフレッドは、少しも姿勢を変えずにもう一度、今度は少し大きな声で言った。

「三日ほど、休みを取ることにした」

それを聞いて、ハルは大きく頷《うなず》いた。

「いいんじゃないか？　あんたずっと働きづめだし、たまにはゆっくりしなきゃ」

この二週間というものオールドタウンでやたらに殺人が相次ぎ、ウィルフレッドは連日現場に呼び出されていた。検案と解剖を一日何件もこなし、普段は超然とした態度を崩さない彼も、さすがにここ数日は疲れた顔をしている。ハルをはじめ屋敷の使用人たちは皆、主人が倒れるのではないかと密《ひそ》かに心配していた。

「三日なんてケチなこと言わずに、十日くらいどかんと休めばいいのに」

そんなハルの言葉に、ウィルフレッドは顔を上げて顰《しか》めっ面《つら》を見せた。

「そんなことをすれば、休み明けには腐った死体が山と積み上がるぞ。結局、困るのは俺だ」

「……だよな。まあいいや、三日でも仕事離れてゆっくりできりゃ、少しはマシだろ。どっか旅行にでも行けば？」

「ああ。別荘に滞在しようと思っている」

「別荘？」

「郊外……島の内陸部に、土地を持っているんだ」

ハルはそれを聞いて、黒いアーモンド型の目を見張った。

「へえ。そういやあんた、質素な生活してっから忘れてたけど、密かに金持ちなんだよな。別荘って、広いのか？」

「貴族連中が持っている広大な領地に比べれば、猫の額ほどだが。それでも、敷地の中に川が流れているし、森や農場もある」

「じゃあ、釣りとか狩りとかもできるんだ？」

「ああ。狩りはしないが、釣りは好きだ。別荘に行くと必ず、川辺で過ごす」

「ふーん……。きっと綺麗《きれい》なとこなんだろうな」

「そうだな。田舎《いなか》だから何もないが、緑豊かで、静かな環境だ。誰《だれ》にも邪魔されずに休息するには、申し分ない場所だよ」

「だったら、今のあんたにはぴったりじゃん。ゆっくりしてこいよ」

「……何を他人事のように言っている」

「は？」

キョトンとするハルを見て、ウィルフレッドは少し困った顔をした。そして席を立つと、ハルの隣に腰を下ろした。

「お前も行くんだ」

「え？　ど、どうして」

「どうして？　つれないな。休暇旅行に恋人を伴うのが、それほど意外か？」

頭をクシャリと撫《な》でられて、ハルは象牙《ぞうげ》色の頬《ほお》をほんのり赤らめる。ごくたまに……それこそ思い出したようにウィルフレッドが口にする「恋人」という自分の新しいポジションに、少年はまだ慣れることができないのだ。

「そ、そ、それは……っ。でも俺、そのこ、こ、こ、恋人っての以前に、俺、ここの使用人だし！　ち、厨房の仕事だってあるし菜園の手伝いとか……」

「俺と旅するのは、煩わしくて嫌か？」

「そんなわけないだろ！」

「ったりまえだ！　だって俺……あんたのこと、その……好き、だし」

少し心配そうだったウィルフレッドは、ハルが口ごもりながらボソボソ吐き出した言葉にようやく安心したらしい。微笑して、ハルの広い額に小さなキスを落とした。

「なら、渋るな。三日ばかりお前が留守をしても、俺がいなければ厨房は暇だし、菜園の野菜も腐りはしない。だいたい、お前は俺の仕事につきあって、そのあと屋敷の雑務もこなしているんだ。いくら若いといっても、俺以上に疲れているだろうに。お前にも、休息が必要なはずだ」

「ウィルフレッド……」

クタクタの顔をしているくせに、それでもなお自分を労《いたわ》ってくれるウィルフレッドに、ハルの胸は温かなもので満たされる。引き寄せられるままにウィルフレッドの胸に上体を預けたハルは、しかしすぐに顔を上げて問いかけた。

「って、その話の流れだと、あんたについていくのは俺だけ？」

ウィルフレッドは、さも当然という様子で頷く。

「そうだ。普段はひとりで行く。今回はお前と二人だ」

「……その、向こうでも？」

ウィルフレッドは、少し考えてから答えた。

「いつもは、森番の女房が身の回りの世話をしてくれるんだが……」

「俺！　俺やる！　あんたの世話は、俺が全部やるから！　だから」

「だから？」

「だから……ええと……その、二人っきりがいい」

この屋敷じゃ、そんなことなかなかないし……と消え入りそうな声で言い、ハルは再びウィルフレッドの胸に顔を伏せてしまう。

「わかった。俺もそのほうがいい」

あっさりそう言って、ウィルフレッドは戸口に向かい、声を張り上げた。

「話は決まった。そんなところに立っていないで入ってきたらどうだ、フライト」

「えっ！」

ハルは慌ててウィルフレッドから離れる。それとほぼ同時に、盆を手にした執事が部屋に入ってきて、恭しく一礼した。

「失礼致しました。食後のお酒をお持ちしたのですが、お話し中のようでしたので。廊下で待たせていただいておりました」

「聞き耳を立てながらか？」

ウィルフレッドは、席を立とうとしたハルの腕を引いて制止し、動じたふうもなく皮肉っぽい顔で問いかけた。フライトのほうも、まったく悪びれず、ものやわらかに微笑する。

「滅相もない。ただ、自然に漏れ聞こえてしまいましただけで。……こちらに置かせていただきます」

金髪の執事は、小さなグラスに入った琥珀《こはく》色の甘い酒を執務机の上に置いた。

「さ、さ、さ、さっきの聞いて……！」

「それなりにね。気をつけなさい、ハル。お前の声はよく通るようだから」

「………！」

フライトにしてみれば初々しすぎて片腹痛いレベルでも、ハルにはせいいっぱいの甘い会話である。それを第三者に聞かれたと知って、少年の顔は火を噴きそうに赤らんだ。

一方、妙なところで鉄面皮なウィルフレッドは、平然と長い足を組んでこう言った。

「では、説明の手間が省けた。そういうことだ。明日、朝食後すぐに発《た》つ」

「かしこまりました。ですが、ずいぶんと急なお話ですね。別荘の森番には……」

「幸運が飛び去らないうちにその翼を摑《つか》め、というのはここマーキスの諺《ことわざ》だろう、フライト。昼間、休暇を確保してすぐに使いをやっておいた」

「さようで。では、おやすみになられる前に、お荷物の支度をさせていただきます。ハル、お前も。ブリジットが食事を済ませて眠り込んでしまう前に、弁当をどのように用意すればよいのか、よく訊《き》いてきなさい」

「弁当？」

「昼時になって食事を摂る店を探すより、どこか適当な場所で馬車を停《と》め、旦那様にお前の作った弁当を召し上がっていただくほうがいいだろう」

「弁当！　そっか、そうだよな！　わかった、俺、腕によりをかけて作るから！」

そう言うが早いか、ハルは幼い顔を輝かせ、書斎を飛び出していく。それを見送り、ウィルフレッドはやや恨めしげにフライトの涼しい顔を見上げた。

「相変わらず、ハルを乗せるのが上手だな」

「恐れ入ります。ですが、ハルとは別荘でいくらでもおくつろぎになれると思いますので」

「………」

「今夜はお早くお休みになっていただきたく存じます。そのためにも、お仕事を」

「わかっている。きちんと仕上げておくから、明日、エドワーズの部下が来たら渡してくれ」

「かしこまりました。では」

有能な執事は、荷造りをすべく早々に書斎を辞した。再びひとりになったウィルフレッドは、机に戻り、ペンを取り上げた。

机の上には、まだ処理しなくてはならない書類がかなり残っている。それらをすべて片づけないことには、明日からの休暇があっさり取りやめになってしまうことは確実だった。

「……一気呵成《いっきかせい》にやってしまうとするか」

グラスの酒を一息に呷《あお》り、ウィルフレッドは再び書類との孤独な格闘を再開した。

翌朝。

いつもよりほんの少し早起きしたウィルフレッドが食堂に入っていくと、窓の外では、フライトが馬車に荷物を積み込んでいた。

「おはようございます、旦那様。もう、お支度はすっかり整っています。素敵なお天気で何よりですわ」

ティーカップに香りのいいお茶を注《つ》ぎながら、メイドのポーリーンはそう言った。

「そのようだな」

ウィルフレッドは席に着き、ナフキンを膝《ひざ》に広げながら言った。

「ハルは？」

いつもはやや表情に乏しくおとなしいポーリーンは、珍しく笑顔で答えた。

「昨夜《ゆうべ》からずっと、厨房に詰めっきりです。旦那様に、とびきりのお弁当を作って差し上げるんだ……って」

「やれやれ。張りきりすぎて、途中で燃料切れしなければいいが」

そんな分別くさいことを言うウィルフレッドの声も、心なしかいつもより明るい。

どうにも素直な主従の浮かれっぷりに、控えめなポーリーンもついに笑いを堪《こら》えきれなくなったのだろう。ポットをテーブルに置き、服の袖《そで》で口を押さえてお辞儀をすると、そそくさと部屋から出て行ってしまった……。


「いいかね、ハル。旦那様のお世話をしっかりするんだぞ」

「わかってるっての！　あんたこそ、留守番しっかりしなよ」

籐編《とうあ》みのピクニックバスケットを抱えたハルは、見送りに出たフライトに向かって威勢よく言い返した。いかにも張りきりまくっている様子に、執事は苦笑いで襟元を正す。

「無論だ。……旦那様も、くれぐれもお気をつけて。お屋敷のことはご心配なさらず、ゆっくり英気をお養いになってください」

先に馬車に乗り込んだウィルフレッドは、薄暗い車内から頷いてみせる。

「頼むぞ。もし急な用事があれば、使いをよこしてくれ」

「かしこまりました。行ってらっしゃいませ」

行ってらっしゃいませ、と声を合わせ、ポーリーンとブリジット、それにダグが一斉に頭を下げる。ハルが乗り込むとすぐ、馬車は軽快に走り出した。

カラカラと石畳を鳴らし、二人を乗せた馬車はニュータウンを走り抜けて町の外へ出る。

ずっと窓に張りついて外を見ているハルに、ウィルフレッドは笑いながら問いかけた。

「何がそんなに面白い？　畑や牧場が広がっているだけだろうに」

「だって初めて見るんだ、町の外！　俺、ずっとマーキスの外には出たことなかったから」

「……ああ……そうか。そうだったな」

ハルの弾んだ声に、ウィルフレッドの胸はズキリと痛む。

ずっと孤児院の中で育ってきたハルには、町の外ですら、未知の世界なのだ。

（こいつは、まるで箱庭で育った島の雛《ひな》のようだな）

あらためて、ハルがいかに閉鎖的な環境で育てられたのか、ウィルフレッドは実感する。

それなのにハルの心がこうまで伸びやかなのは、奇跡と言ってもいいような気がした。

「すげえな！　あそこ、あんなに大きな木が集まってる。あれが森ってやつ？」

輝くような笑顔で振り向いたハルに、ウィルフレッドは微笑して頷いた。

「そうだ」

「町の中と何もかもが違う。でもこれ、外国じゃないんだよな？」

「もちろん違うさ。この島全体がマーキスという一つの市なんだからな。外国へ行きたいなら、まずは島の外へ出なくては」

「だよな。でも、同じ島の……市の中でも、こんなに景色が違うんだなあ。人の暮らしも、きっと町中とは違うんだろ？　世界って本当にものすごく広いんだな」

滑らかな頬を上気させ、ハルは大きな目をキラキラさせてウィルフレッドを見た。

「連れてきてくれてありがとな、ウィルフレッド！　俺、すっげー嬉《うれ》しい」

「まだ、旅は始まったばかりだぞ？」

「あ、そっか。ちょっと早すぎたか。あ！　見てみろよ、あそこ！　牧場だ。あれ、あれが牛だろ？　本でしか見たことなかったけど、うわあ、でっかいなあ……」

まるで小さな子供のように、ハルは何を見ても驚き、喜び、はしゃぐ。そんなハルの姿に、ウィルフレッドは、この幼い恋人を幸せにしてやりたいという想《おも》いを新たにするのだった……。


数時間走り続け、ちょうど昼時に馬車は川縁で停まった。御者は馬車から馬を解放し、冷たく綺麗な川の水をたっぷりと飲ませてやる。馬は満足げにいななき、前足でやわらかな土を掻《か》いた。

それを横目に見ながら、ハルは川縁に分厚いラグを敷いた。歩いただけで、生えたばかりのやわらかな青草の匂《にお》いが立ち上る。

「ほら、早く座れよ。頑張って作ってきたんだぜ！　ブリジットに、あんたの好きなもん訊いてさ」

ウィルフレッドの手を引いてラグに座らせたハルは、早速バスケットを開いた。蓋《ふた》の裏側に食器がセットされた本格的なピクニックバスケットの中には、これでもかというほど食べ物がぎっしり詰まっていた。

ワインボトルを取り、コルク栓を引き抜きながら、ウィルフレッドは呆《あき》れ顔をする。

「こんなにたくさん作ったのか。道理で徹夜するはずだ」

「だって。あれも食べてほしい、これも食べてほしいって思ってたら、いっぱいできちまってたんだ」

「……やれやれ。先に少しずつ取り分けて、御者に持っていってやれ。きっと喜んで、午後も機嫌よく馬を走らせてくれるだろう」

「わかった！」

ハルは皿いっぱいに料理を盛りつけ、馬車の傍《そば》で自分の弁当を広げている御者のところへ駆けて行った。その間に、ウィルフレッドはワインを一口試飲してから、二つのティーカップに注ぎ分けた。まだできて日が浅い、彼好みのあっさりした赤ワインだった。

戻ってきたハルは、カップに注がれたワインを見て小さく吹き出した。

「なんか変なの。そっか、バスケットにグラスはついてないもんな」

「ああ。何《なに》で飲もうと、味に変わりはない」

神経質そうな容貌《ようぼう》に反して、ウィルフレッドはたいていのことには無頓着《むとんちゃく》な質《たち》だ。お茶を飲むときと同じようにカップを持ち上げ、こう言った。

「ひとまずは、好天に恵まれたことに乾杯」

「……乾杯」

互いのカップを軽く合わせ、ハルはワインを一口飲んで嬉しそうな顔をした。

「俺、あんまりワイン好きじゃないんだけど、これは飲める。あんまり渋くないな」

「さっぱりしていて、食事にはいい。だがお前には、甘い林檎《りんご》酒のほうがよかったようだな」

「子供扱いすんなっての！　好きじゃないだけで、飲めないとは言ってないだろ。それより、ホラ！　皿持って！」

ふくれっ面で、それでもハルは、バスケットから外した皿をウィルフレッドに突き出した。ウィルフレッドが受け取ると、そこにどんどん料理を載せていく。

「リンゴのソースをかけたローストポーク。これは、たまねぎとベーコンと干しキノコ入りのキッシュ。それから、茹でたアスパラとジャガイモのサラダ。ええと、ラディッシュも食べる？　あと、スモークしたチキンの胸肉と……」

「ああ、とりあえずそれだけでいい。せっかくの料理の味が混ざってしまう」

ウィルフレッドは笑いながらハルを制止し、差し出されたフォークを手に取った。少年の期待の眼差《まなざ》しを真正面から受けつつ、食べやすく切られたローストポークを頬張る。

外層の脂はカリカリに焼け、中の肉はしっとりと水気を含んで、申し分ない火の通し方だ。蜂蜜《はちみつ》で軽く甘味をつけた林檎のソースも、肉とよく合っている。

「旨《うま》い」

ストレートな賛辞に、息を詰めて見守っていたハルの頬がみるみるほころんだ。

「ホントか？」

「ああ。冷めても旨いローストは本物だ。腕を上げたな、ハル」

「……へへ。ブリジットが、毎日いろいろ教えてくれるからな。キッシュも食ってくれよ。好きなんだろ？」

「大好物だ。だが、見てばかりいずにお前も食べろ。昨夜から厨房に詰めきりでは、腹が減っただろう」

「うん。もう腹ぺこぺこ」

そう言うと、ハルはキッシュを一切れ取り、手づかみで大口に頬張った。軽めに仕上げたキッシュは、卵とミルクの優しい味がした。

「これ旨いけど、普通のよりうんとクリームを減らしてミルクを多くしてあるだろ？　それがあんたの好みだからってブリジットは言ってたからそうしたんだけどさ」

「ああ。そのとおりだ。こってりしたものより、これが俺の口に合う。……物足りないか？」

「ちょっとな。物足りないってか、頼りない感じ？」

ハルは首を傾《かし》げつつ、もぐもぐとキッシュを咀嚼《そしゃく》する。そんな様子を苦笑いで見つつ、ウィルフレッドは言った。

「かもしれないな。……俺にとってキッシュは、誕生日の特別なご馳走《ちそう》だったんだ」

それを聞いて、ハルは目を見張る。

「そういやあんた、子供の頃は貧乏だって言ってたっけ」

「ああ。こんな贅沢《ぜいたく》な料理は、普段はとても口に入らなかった。誕生日はキッシュが楽しみで、朝から台所をウロウロしていたものだ。クリームは高くて少ししか手に入れられなかったから、母はいつも、ミルクを多めに使って小さなキッシュを焼いてくれた」

「そっか。だからあんたにとって、キッシュってのはこういう味のもんだったんだ」

「我ながらおかしいとは思う。子供の頃の味覚を、この年まで忘れずにいるなんてな」

ウィルフレッドは恥ずかしそうにそう言ったが、ハルは笑ってかぶりを振った。

「おかしくなんかないって。俺もさ、お屋敷に来てからずいぶん旨いもん食わせてもらってるのに、ときどき孤児院で出てきた山盛りの蕪《かぶ》のマッシュとか食べたくなるもん」

「蕪のマッシュ?」

「うん。掘るときに傷めちまった蕪を、農家の人が神殿に寄付してくれるんだ。それをでっかい鍋《なべ》でぐらぐら茹でて、つぶしただけのやつ。クリームもバターも入ってないし、味もついてない」

「……それは、旨いのか?」

「まさか。だけど熱々だし、とにかく腹に溜《た》まるんだ。身体《からだ》が温まって、それでいて腹持ちがいい。いかにも孤児向けだろ」

「なるほどな。俺が茹でた芋で育ったようなものか」

「ちぇ、俺も芋にしときゃよかった。そしたらそんなにでっかくなれたのかな」

「それはどうだか」

「あっ！　今、絶対無理だって思ったろ！　くそ、どうせ俺はチビだよ」

ハルはふくれっ面で腕組みする。年相応に幼い表情に、ウィルフレッドは普段は厳しい顔をほころばせた。

「身長などなんの問題にもならん。お前はよく気がついて、はしっこくていい助手だと、警察の連中も褒めていた」

「え？　ホント？」

ころりと表情を変え、ハルはウィルフレッドのほうに身を乗り出す。ウィルフレッドは頷き、ハルの日光を浴びて艶《つや》やかな黒髪を撫でた。

「ああ。一生懸命働く者のことは、誰かが必ず見ていて評価してくれるものだ」

「……そっか。ちょっと嬉しいな、そういうの」

ハルは照れくさそうに、しかし誇らしげに笑う。

「ああ。それに、お前が小柄だったからこそ、その晴れ着を仕立ててやれた。……よく似合っている」

「今日、初めて着てみたんだ。すげえ着心地いい」

ハルはにこにこ顔で、自分の服を見下ろした。

ウィルフレッドの屋敷に来たとき、ハルはフライトにお下がりの洋服をたくさんもらった。ポーリーンがサイズ直しをしてくれたので、普段はそれらを着ている。

だが、ウィルフレッドの助手として働いている以上、警察本部をはじめ公的な場所に出入りする機会が多い。おさがりの粗末な服だけでは具合が悪いだろうと、ウィルフレッドは先日、自分の服を新調するついでに、仕立屋にハルの服も作らせたのだ。

「わざわざ寸法計って仕立ててもらった服なんて、初めてだよ。それに、あんたの服と同じ生地なんてさ。フライトさんが贅沢すぎるってブツブツ言ってた」

「どうせ、俺の服をもう一着仕立てるほどは残っていなかったんだ。ただ置いておくよりずっといい」

「そりゃ、そうかもだけど」

ウィルフレッドはハルの姿をしげしげと見遣《みや》り、きつい目を満足げに細めた。

「いい服は、長く着られる。もっとも、お前はまだ背が伸びるかもしれないが」

「ちぇっ。気休め言わなくていいっての。いくらなんでも、もう伸びないよ。はしっこいほうが役に立つんなら、俺、チビのままでいい」

そう言って、ハルは皿を置き、ゴロンと仰向《あおむ》けに横たわった。

空は爽《さわ》やかに晴れ渡り、優しい陽光が二人の上に降り注いでいる。

「んー、気持ちいい。急いで出発しなくてもいいんだろ？　あんたもちょっと寝てみろよ」

誘われて、ウィルフレッドはチラと御者のほうを見た。思いがけないご馳走に、御者は嬉しそうな顔でまだもぐもぐやっている。馬のほうも、幸せそうに草を食《は》んでいる。

「……そうだな。もう少し休むか」

ウィルフレッドも、ハルの隣に寝転んでみた。じっとしていると、全身が軽い布団《ふとん》に覆われたように暖かく、心地よい。

「あったかくて、眠くなるよな」

ハルはそう言って、小さな欠伸《あくび》をした。ウィルフレッドは、そんなハルの小さな頭の下に、自分の腕を敷いてやる。

「少し眠れ。起こしてやるから」

「そんなの駄目だよ。だって、あんたが休むための旅行なのに」

「俺は、こうしているだけで十分だ」

「でも！」

「いいから」

ウィルフレッドは腕枕《うでまくら》の肘《ひじ》を折り、大きな手のひらでハルの目元を覆ってしまった。

「うー……」

不満げに唸《うな》っていたハルだが、やはり、徹夜で弁当を作って相当疲れていたのだろう。三分と経《た》たないうちに、薄く開いた唇から静かな寝息が漏れ始める。

ウィルフレッドは、そっとハルの顔から手をどけた。現れたあどけない寝顔に、ウィルフレッドの顔にも微笑が浮かぶ。

腕に心地よい頭の重みを感じつつ、ウィルフレッドも、こみ上げる欠伸を嚙《か》み殺した……。


結局、二人して……いや、御者まで揃って昼寝してしまったせいで、馬車が目的地に到着したのは、夕焼けがすべてをオレンジ色に染める時分だった。

「……もしかして、別荘って……ここ？」

馬車から飛び降りたハルは、目の前の建物を見て、黒い目をまん丸にした。

そこにあるのは、おとぎ話に出てくるような、小さなコテージだったのだ。漆喰《しっくい》塗りの白い壁、黒い梁《はり》、そして茅葺《かやぶ》きの屋根……。建物の周囲を彩る可愛《かわい》らしい花と相まって、ハルにとってそれはまさしく、夢のような光景だった。

「ああ、ここだ。荷物は御者が運んでくれる。中へ入ろう」

ウィルフレッドにそう言われるより先に、ハルは駆け出していた。小屋の周りを一周し、そのあと、すごい勢いで家の中に駆け込んでくる。

先にコテージに入っていたウィルフレッドは、苦笑いでハルを見た。

「どうした？」

「すげえ！　こんな家、ホントにあるんだな。絵本の中のことだけかと思ってた」

急《せ》き込むように言うハルの顔は、興奮で上気している。ウィルフレッドは薄く微笑して頷いた。

「一目見て気に入った。……こんな小さな家をとフライトは呆《あき》れていたが」

「うん！　すごくいい！　別荘っていうから、どんなでかい屋敷かと思ってたけど。でも、こんなののほうが、ずっといい」

ハルはバタバタと家の中を見て回った。

それは本当に、小さな家だった。

ささやかな台所と、居間兼寝室、それにバスルームがあるだけだ。どうやらバスルームだけは、あとから増築されたらしい。元は貧しい農民の住居だったのだろう。

御者は荷物を居間の真ん中に置くと、一礼して去っていった。

ハルが家じゅうを探検して回っているので、ウィルフレッドはベッドに腰を下ろした。

森番夫婦は、いつも通りに準備をしておいてくれたらしい。ベッドには清潔なシーツが敷かれ、暖炉で燃やすための薪《まき》も十分に用意されていた。

台所から歓声が聞こえてきたところをみると、食料もふんだんに揃えてあるのだろう。

（……まだ、身体が揺れているような気がするな）

長旅の後遺症にウィルフレッドが閉口していると、台所からハルがヒョイと顔を出した。

「くたびれただろ？　休んでてくれよ。今、お茶入れる。あ、荷物は俺がほどくから、さわんなよ！」

ウィルフレッドが返事をするのを待たず、黒い頭は扉の向こうに引っ込んでしまう。

「……やれやれ」

旅の疲れなど欠片《かけら》も感じていないらしい恋人との年齢差を痛感し、銀髪の検死官は、深い溜《た》め息《いき》をついた……。


食料庫に入っていた材料を使って、夕飯はハルが作った。

弁当を食べすぎて二人ともあまり空腹ではなかったので、ハルは軽いメニュー……ウィルフレッドの好きなそば粉のクレープを焼いた。弁当の残りのハムとチーズを包み込み、台所にあったチャツネを添える。

クレープと地元の村で作った林檎酒という素朴な食事を済ませ、ウィルフレッドは暖炉の前のソファーに落ち着いた。

日中は暖かいが、日が落ちるとまだ肌寒い。暖炉には、パチパチと炎が燃えていた。

ハルは、屋敷ではついぞ見かけない厚手のカップにお茶を入れ、ウィルフレッドのもとに運んだ。

「お茶。飲むだろ？」

無骨なカップを受け取り、ウィルフレッドは気遣わしげにハルの顔を見上げた。

「ああ、ありがとう。……もういいから、お前も座れ」

「でも、まだ片づけとか……」

「食器など、放っておけばいい。お前を休ませるつもりで連れてきたのに、これでは屋敷にいるときと変わらないじゃないか」

「俺、動いてないと落ち着かないだけなんだけど。昼寝もしたし」

「いいから座れ。あんな短い昼寝で、身体が休まるものか」

「……うあ！」

軽く腕を引かれ、ハルはウィルフレッドの膝の上に腰を下ろしてしまう。慌てて立ち上がろうとするハルを横抱きにして、ウィルフレッドは少し可笑《おか》しそうに言った。

「暴れるな、茶がこぼれる。……誰も見ていないのに、そう恥じらうこともあるまい」

「そういう問題じゃないよ！　確かにチビだけど、俺、もうガキじゃないし、れっきとした男だぜ？　男が男の膝に乗ってんのって、ものすごく恥ずかしいじゃないかっ」

「そうか？　俺はそうでもないがな。……しかし残念だが、この場合交代は無理だ。俺がお前の膝に乗ったら、お前をつぶしてしまう」

「あんた時々、大真面目《まじめ》にすごく変なこと言う……」

ハルは呆れて羞恥《しゅうち》を忘れ、笑い出してしまった。それで身体から力が抜けたのか、ハルは素直にウィルフレッドの胸にほっそりした身体を預ける。ウィルフレッドはカップを肘置きに乗せ、両腕でハルを緩やかに抱いた。

「屋敷にいるのと、そんなに違うか？　お前が言うところの『二人きり』は」

ハルははにかんだ笑顔で頷いた。

「全然違うよ。……だって、お屋敷では、あんたの部屋から帰るとき、誰かに見られたらどうしようって思うし。二人きりだと思ってても、扉の外にフライトさんがいたりするし！」

「……それは確かにな。お前に余計な苦労をかけている自覚はある」

「あ、違う！　別にあんたを責めてるとかじゃないぜ。その……部屋に呼ばれんの……好きだし。仕事だってなんだって、あんたと一緒にいられるの嬉しいよ、俺」

素直な言葉に、ウィルフレッドは笑みを深くした。

「……そういうお前が愛《いと》おしい」

これ以上ないくらいストレートな睦言《むつごと》に、ハルは耳まで赤くなる。

「ウィル……」

ウィルフレッドの長い指がハルの長い髪を梳《す》き、薄い唇が額にキスを落とす。

「子供の頃、こうしてお前を抱いてくれた者はいたのか？」

ハルは黙ってかぶりを振り、ウィルフレッドの広い胸に腕を回す。

「孤児はたくさんいるからな。いちいちかまってられないさ。面倒は見てもらったけど、可愛がられた記憶なんかない」

「……なら、今から取り戻すといい」

そんな言葉に驚いて顔を上げたハルの瞳《ひとみ》に映ったのは、慈しむようなウィルフレッドの微笑だった。

「お前を育てることができなかった両親の分も、俺から愛情を持っていけばいい。この身からどれだけ汲《く》み出されても、尽きない自信があるからな」

「……あんた……変なことだけじゃなくて恥ずかしいことも時々言うよな」

「そうか？」

そうだよと呟《つぶや》き、ハルはウィルフレッドの温かな胸に頬を押しつけた。ウィルフレッドはそれきり黙って、ただハルの頭を撫で続ける。

その手の温かさと優しさを感じつつ、ハルは急速に押し寄せてきた眠気に身を任せた……。


「……ん……？」

ふと目覚めたとき、ハルは温かなベッドの中にいた。室内は暗く、窓から差し込む月の光だけが、床を青白く照らしている。

「あれ……？　俺、いつの間に……っ！」

身じろぎしようとして、ハルはギョッとして動きを止めた。すぐ傍らに、ウィルフレッドが寝ていたのだ。おまけに、腕枕までされている。

(あ……俺、あのまま寝ちまったんだ)

眠り込んでしまったハルを、ウィルフレッドがベッドに運んでくれたのだろう。

そっと毛布を持ち上げ、ハルは思わず嘆息した。気持ちよく眠れていたはずである。きちんと寝間着に着替えさせられていた。

(俺、バカみたいに寝こけてたんだな)

自分の熟睡具合にも呆れるが、ウィルフレッドの面倒見のよさにも感心と感謝を通り越して少々呆れる。どこの世界に、恋人とはいえ使用人を着替えさせ、自分の寝床に運ぶ主人がいるというのか。

「ホント……あんた、俺を甘やかしすぎ」

ハルは身体ごとウィルフレッドのほうを向き、小さく呟いた。

ハルも疲れていたが、ウィルフレッドもやはり相当に疲労していたのだろう。ハルが目覚めたことに気づく様子もなく、ぐっすり眠っている。

(前にも思ったけど、こうして寝てると……ちょっと可愛いな)

こんなふうに、ウィルフレッドの寝顔をつくづくと見るのは、初めて抱かれた夜以来だった。ハルは頬の下に張りのある腕の筋肉を感じつつ、月明かりに照らされたウィルフレッドの精悍《せいかん》な顔をじっと見つめた。

ひょんなことから、ハルの雇い主、そして恋人になった男は、第一印象と少しも違《たが》わず、どこまでも生真面目で、不器用で、誠実だった。

ある時、屋敷の使用人になったからには、ウィルフレッドのことを「旦那様」と呼び、言葉遣いもあらためるべきだろうとハルはウィルフレッドに申し出た。だがウィルフレッドは、これまでどおりでかまわないと無造作に答えた。

こちらも律儀なハルが、それではほかの使用人に申し訳ないと言い張ったところ、ウィルフレッドはとんでもない行動に出た。

ある日の朝食の席に、フライト以下使用人全員を集めたウィルフレッドは、ハルが正式に屋敷の使用人に加わったことをあらためて皆に告げ、そしてこう続けたのだ。

自分はハルに使用人としての言動を求めていないので、これまでと同じ態度で自分に接してほしいと思っている。これはハルの意思ではなく、単に自分の我《わ》が儘《まま》である。その点について、皆に異存はあるだろうか、と。

主人にそう言われてしまっては、誰も異を唱えるわけにはいかない。

まして今や、皆、ハルとウィルフレッドの関係を知っている。礼儀作法にはことのほか口やかましいフライトでさえ、屋敷の主《あるじ》に対するハルの態度を容認していた。

(あんなこと……いちいち言っちゃうんだもん。ホント律儀だよな)

しかも、堅物なくせに、あらゆることに堂々としているウィルフレッドは、ハルが自分の恋人であることをまったく隠そうとしない。

本人は本気で心配しているのだろうが、朝から身体を気遣われたりしては、寝床を共にしたことは明白だ。

おかげでハルは、使用人仲間やエドワーズ警部にからかわれ、しょっちゅう赤面するはめになるのだが……当のウィルフレッドはそれに気づいているのかいないのか、いつもと同じ涼しい顔でやり過ごしてしまうのだった。

（ホントに……どんな育ち方したら、あんたみたいな人になるんだろ）

ウィルフレッドは、ごくたまに……それこそ、雑談に交えてほんの少しずつ、自分の過去を語る。

貧しかった子供時代や、母親のこと、そして故郷の光景のこと……。話題はその時々でさまざまだったが、ただひとつ、頑として語らないことがあった。結婚生活についてだ。

不幸な政略結婚であったことは確かなのだが、妻のことや、婚家のこと、離婚の理由……そのあたりのことは、決して口にしようとはしない。

けれど、常にウィルフレッドの端正な顔に落ちる暗い影の原因はそこにあるのではないかと、ハルは漠然と……しかし妙な確信を持って、そう感じていた。

恋人として、彼の結婚生活がどんなものだったかが気にならないといえば嘘《うそ》になる。それでもハルは、問いつめたい気持ちをぐっと堪えていた。

(話したくなったら、いつかあんたから話してくれるよな……。俺、それまで待つから)

そんな心の声が聞こえたのか、ハルを抱くウィルフレッドの腕にほんの少し力がこもる。

「大丈夫だよ。何があったか知らないけど、俺、あんたのこと……信じてるから」

眠り続けるウィルフレッドの耳元でそう囁《ささや》き、ハルは再び目を閉じた……。


瞼《まぶた》の裏側で、白い光が踊る。それに誘われて目を覚ましたウィルフレッドは、まだ気怠《けだる》い身体を持て余し、枕に頭を埋めたままで深い息を吐いた。

昨夜は久しぶりに、夢も見ないほど深く眠った。

仕事から離れているせいだけでなく、傍らの優しい温もりのおかげだろう。いつもは張りつめっ放しの心の糸が、今は心地よく緩んでいる。

ハルは、ウィルフレッドの肩口に頭を預け、幸せそうな顔で寝息を立てている。胸の上に置かれたハルの腕の重みが心地よかった。

(……フライトが見たら、なんと言うだろうか)

ウィルフレッドは、ふと可笑しくなってしまった。

せっかく二人きりの旅だというのに、昨夜は肉欲を感じる余裕すらなく、二人してぼろきれのようにくたびれ果てて眠ってしまった。

あの遊び慣れた伊達《だて》男の執事がそれを知れば、不甲斐《ふがい》ないお人だと呆れることだろう。

だがかまうものか、とウィルフレッドは口の中で呟いた。

ただお互いの体温と鼓動を感じつつ、寄り添って眠るのも快い。放っておくと頑張りすぎてしまうハルをゆっくり眠らせてやれたことに、彼は何より満足を覚えていた。

「……う……」

わずかな身体の動きで、ウィルフレッドの目覚めを感じ取ったのだろう。ハルは瞼を震わせ、薄く目を開けた。黒い瞳が、どこか不思議そうにウィルフレッドを見る。

「おはよう」

「んー……あよ……」

まだ不明瞭《ふめいりよう》な挨拶《あいさつ》を返し、ハルは両手で眠い目をごしごしと擦《こす》った。まだ半分、意識を眠りの中に残したままらしい。

ウィルフレッドは少年の乱れた黒髪を指先で優しく梳きながら、耳元に口を寄せ、甘い声で囁いた。

「ハル」

とろんとした目のハルは、くすぐったそうに首を竦める。

「ん……何?」

「腹が減った」

この甘やかな状況にまったくそぐわない率直な台詞《せりふ》に、ハルはプッと吹き出してしまった。それでぱっちりと目が覚めたらしい。

「わかったよ。朝飯作るから、ちょっと待ってな」

いつもの元気な口調でそう言うと、それまでの様子が嘘のようにむくりと身を起こす。

「裏口に、森番の女房が食料を置いていってくれているはずだ」

「わかった」

ハルは温かなベッドから出て、服を着込み、裏口へ駆けていった。一晩ぐっすり眠ったので、すっかり元気いっぱいの様子だ。

「すげえ!」

ハルは、すぐに大きなバスケットを抱えて満面の笑みで戻ってきた。

そこには、農場で取れたばかりの野菜や、絞りたての牛乳にチーズが数種類、それに焼きたてのパンが入っていた。

「旨そう。すぐに支度すっから、あんたはまだ寝てろよ」

「そうさせてもらう。お前のように素早く行動を開始できそうにはない。……やれやれ、若さの差だな」

「何ひとりで老け込んでんの」

ハルはクスクス笑いながら、手際よくパンとチーズを切り、熱いお茶を入れた。上にクリームの層ができた濃い牛乳も、ピッチャーになみなみと移し替える。

すぐに朝食の用意ができ、二人は小さなテーブルに向かい合って座った。

同じ屋敷で暮らしていても、こうして二人で朝食を摂るのは初めてのことだった。

時折、ハルはウィルフレッドの寝室で夜を過ごす。だが、彼はたいてい夜明け前にベッドを抜け出し、厨房へ行って働き始める。ウィルフレッドが目覚めたときには、ベッドの隣は仄《ほの》かな温《ぬく》もりだけを残して空っぽというのが常なのだ。

そして朝食の席では、すっかり旦那様と料理人あるいは助手という公的な関係に戻り、お互い気恥ずかしさを隠して平静を装うという、なんとも初々しい二人なのだった。

「昨日も思ったが、誰かと一緒に食べる食事は旨いな」

ウィルフレッドはしみじみとそんなことを言う。ハルはハッと胸を突かれた。

ハルは、屋敷に来てからというもの、朝夕は使用人仲間と食事をする。執事のフライトだけは基本的に自室で食事を摂ることにしているようだったが、忙しいときはそんな呑気《のんき》なことは言っていられない。使用人が五人揃って、厨房の片隅で狭苦しくも賑《にぎ》やかにテーブルを囲むこともしょっちゅうだった。

だが、ウィルフレッドは常にひとりぼっちで食事をする。しかも、だだっ広い食堂の、大きなテーブルで。

もちろん、ポーリーンかフライト、ときにはハルが給仕をするが、決して一緒に食べるわけではない。人に見られながら……しかも相手が空腹なのを知っていながら、先にひとりで食事をするというのは、けっこうストレスの溜まることだろうとハルは思った。

（そっか……。それで、ウィルフレッドは……）

たまに、検死官の仕事の合間、適当な店に入ってハルと二人で昼食を摂るときや、書斎で持ち帰ったデスクワークを手伝いながら一緒にお茶を飲むとき、ウィルフレッドは妙に嬉しそうな顔つきをする。その理由に、ハルは初めて思い当たったのだ。

「俺はさ。孤児院で、なが一いテーブルにみんなギチギチに座って飯食ってた。昔から身体ちっちゃいし、力も弱かったし……だから、よくほかの奴に飯盗《と》られてさ。けっこうひもじい思いをしてた」

ウィルフレッドが痛ましげな顔をするのを見て、ハルは笑って手を振った。

「昔のことだって。そんな顔しないでくれよ。そういうときが長かったから、今、すっげえ幸せなんだ。熱々の美味《おい》しい飯を、好きなだけ食べられて」

「そうか。俺も、食うに困らない今の生活はありがたいと思う。それでも、小さなテーブルで母と喋《しゃべ》りながら食べた食事が懐かしい。毎日芋ばかりでも、楽しかった」

「うん。……あのさ。持ち帰りの仕事が長引いたとき、俺、あんたに夜食作るじゃん。あれ、フライトさんじゃなくて、俺が持ってくことにしようか。そしたら、食べてる間くらいは傍にいられるし」

そんなハルの申し出に、ウィルフレッドは微笑した。

「それは嬉しいな。二人分持ってきて、お前も一緒に食べればいい」

「やった！　そしたら、食べながらあんたの感想聞けるから、俺も勉強になるし！」

「そうだな。帰ったら、俺からフライトにそう言おう。……ところで」

「うん？」

「天気もいいことだし、食事が済んだら釣りに行こうと思うんだが、一緒に来るか？」

ハルの返事は、聞くまでもない。

そこで二人は朝食後、身支度を整え、釣り道具を持ってコテージを出た。

コテージから二十分ほど森の小径《こみち》を歩いたところで、せせらぎの音が聞こえてきた。

木立を抜けると、草の生い茂る草原と、その中をゆったりと流れる川が現れる。

川幅はわりに広く、澄んだ冷たそうな水は太陽の光をキラキラと反射していた。

「釣りをしたことは？」

「ないよ。川に遊びに来たのも初めてだ」

川縁にしゃがみ込んだハルは、両手で水をすくったり跳ね散らかしたりしながら嬉しそうに答える。そんなハルを微笑ましく見守りつつ、ウィルフレッドはケースを開け、手際よく二本の釣り竿《ざお》を組み立てた。

「これを使うといい」

短いほうの竿を差し出され、ハルは目をパチクリさせた。長い糸の途中には浮きが、先には、曲がった小さな釣り針がついている。

「へえ……。この竿、ずいぶん古そうだけど」

「子供の頃、母が買ってくれたものだ。玩具《がんぐ》を望む余裕などなかったが、これなら家計の足しになるからな。よく釣った魚で食卓を賑わしたものだ」

「なるほど。でも、そんな大事なもん、俺が使っていいの？」

「道具は使わないと傷んでしまう。大事だからこそ、使わなくてはな。……どれ、手本を見せてやろう」

ウィルフレッドは慣れた手つきで針の先に餌《えさ》をつけ、水に垂らした。ハルも、見よう見まねで同じようにやってみる。

「それで？　これからどうすんだ？」

「あとは魚が食いつくのをひたすら待つだけだよ」

「ええっ！　それだけかよ」

「……釣りは、根気よくのんびりとやればいいんだ」

「へえ……」

そこで二人は、川縁に座り、並んで釣り糸を垂れた。

日差しも、梢《こずえ》を渡る風も優しい。晴れ上がった空を見上げたり、鳥の声に耳を傾けていたりすると、意外に退屈しないものだ……とハルは思った。

ウィルフレッドも、屋敷では滅多に見せないリラックスした表情で水面を眺めている。

釣りを始めてもうかれこれ半日が経った。

昼食にはチーズを挟んだサンドイッチを食べ、また二人で草の上に横たわって長い昼寝をした。

そのせいもあり、釣果のほうは、今のところさほど芳しくはなかった。

ウィルフレッドが大きな鱒《ます》を二尾、ハルがごく小さな鱒を一尾釣り上げただけだ。小さな鱒は、痛い思いをさせてすまなかったと謝り放してやったので、魚籠《びく》に入っているのはたったの二尾だった。

「あーあ。釣れねえなあ」

ハルは大欠伸をして言った。ウィルフレッドは、薄い唇に苦笑いを浮かべる。

「そんなに釣れても、食べきれなくて困るだろう。釣りは遊びだが、無駄な殺生はしたくない。今夜、お前と俺で食うだけあればいいさ」

「そりゃそうだけど！　でも、俺だってでっかいの一匹くらい釣りたい」

「森番いわく、たまに恐ろしく大きな鱒がいるそうだが……俺はまだ釣り上げたことがないな。お前が狙《ねら》ってみてはどうだ」

「ちぇっ。そんなの、初心者の俺に釣れるわけないじゃん」

ハルは子供っぽく唇を尖《とが》らせ、川面《かわも》に目をやった。緩やかな流れは眠気を誘い、小さな欠伸が連続して出てくる。ハルはいつしか、こっくりこっくりと船をこぎ始めていた。

……と。

突然、竿を持った手に強いアタリが来た。ハルはギョッとして、反射的に竿を持つ手に力をこめた。浮きが、すっかり水の中に引き込まれて見えない。

「うわ……わわわわ……」

ハルは狼狽《うろた》えて立ち上がった。凄《すさ》まじい勢いで糸が引かれ、足が勝手に下流へと走り出す。

「……ハル？」

こちらもうとうとしていたウィルフレッドは、ようやく異変に気づき、顔を上げた。ただならぬハルの様子を見て、たちまち顔色を変える。

「な、なんだよこれっ！　うわ、ああああー！　くそ、逃げんなっ！」

バシャンッ！

凄まじい水音を立てて、大きな魚が跳ねた。どうやらハルの針に食いついたのは、噂でしか聞いたことがなかった巨大な鱒だったらしい。

「うわっ！　でかい！　ウィルフレッド、でかい魚だっ！」

ハルは、悲鳴だか歓声だかわからない声を上げ、魚に引きずられてまろぶように走っている。ウィルフレッドは慌てて腰を浮かせた。

（まずい……！）

ハルはあくまで釣り上げるつもりらしいが、古くて細い竿では、とても大物の強い引きに耐えきれはしない。それ以前に、必死で逃げようとする魚の力に、ハルの腕力がまったく対抗できていない。

猛烈な勢いで引っ張られていくハルを追いかけながら、ウィルフレッドは声を張り上げた。

「ハルッ！　釣り竿を放せ！」

「なんでだよ！　だって、放したら……わああ！」

「放せというのに！」

「やだっ！」

「ハル！」

ウィルフレッドは全速力で走り、なんとかハルの小さな身体を抱き留めようとした。だが、あともう少しで手が届くというそのとき……。

「うわあああああッ！」

小石に躓《つまず》いたハルの身体が、見事に宙を飛んだ。そして、次の瞬間……。

ザッバーン！

大きな水柱が立ち、雨のように吹きつける飛沫《しぶき》から、ウィルフレッドは片腕で顔を庇《かば》った。

「ハル！」

幸か不幸か、ついに糸が切れたらしい。ハルの身体はもう魚に引っ張られてはいないようだった。

だが、そのことにホッとしたもの束《つか》の間《ま》……。

ウィルフレッドは、再度仰天するはめになった。水流は決して急ではないし、水深も恐ろしく深いわけではない。それなのに、ハルはあからさまに溺《おぼ》れているのだ。

(……まさか!)

港町マーキスで育った人間がカナヅチなどということは、普通ならばありえない。だがハルは、ずっと孤児院にいた。孤児院の子供たちは未来の神官候補として、俗界から隔絶された環境に置かれるのだ。

(そういえば、ハルは今朝《けさ》、川遊びに来るのも初めてだと言っていた……!)

ならば、泳げなくても不思議ではない。きっと、初めて冷たい水に落ちてパニックに陥り、水の浅さに気づくこともできずにいるのだろう。

「ハルッ!」

それに気づくが早いか、ウィルフレッドは上着を脱ぎ捨て、自分も川に飛び込んでいた……。

どうにか我に返ったとき、ハルは岸辺に引き上げられていた。全身がだるく、手足に力が入らない。冷たい水で溺れかけたせいで、身体がひどく冷えているのがわかった。

「……あ……」

草の上に横たわったハルの真上に、必死の形相をしたウィルフレッドの顔があった。彼もびっしょり濡《ぬ》れそぼち、銀色の短い髪からは、ハルの頬にポタポタと水滴が落ちる。喘《あえ》ぎながら咳《せ》き込み、水を吐き出すハルの襟元を緩めてやりながら、ウィルフレッドは険しい顔と声で叩《たた》きつけるように言った。

「この馬鹿が！　釣り竿を離せと言ったのに、なぜ言うことをきかなかった」

「だ……って……」

ハルは酸素を求めて忙《せわ》しい呼吸をしながら、切れ切れに言った。

「あんた、の……っ、大事な、釣り竿……だろッ」

「……ハル……」

少年は大きな鱒ではなく、釣り竿のほうに執着していたのだ。それを知って、ウィルフレッドは思わず絶句する。

「大事な……お母さんの思い出、なのにっ。ごめん、俺、ごめん……な」

「……馬鹿なことを言うな」

ウィルフレッドは語調を和らげ、ハルの冷たい頬を撫でた。

「いくら大切な竿だといっても、生身の人間のお前とは比べられないに決まっているだろう。それに、思い出はこの胸にある。品物は失われてもな」

「ウィル……」

「まったく。いったい何度、俺の心臓を止めかければ気が済むんだ、お前は」

ウィルフレッドまだ心配そうにそんな小言を言い、ハルを抱き起こした。地面に打ち捨ててあった自分のジャケットで、ハルの冷え切った身体をくるんでやる。

「あ……俺、大丈夫だから！　あんたこそ、濡れちまって」

「溺れ死にしかけた人間が、人のことを心配している場合か！」

医師の顔で、ウィルフレッドはハルを叱《しか》りつけた。

「う……ご、ごめん……」

ウィルフレッドの顔は真っ青だった。水の冷たさのせいではなく、緊張と心配のせいだと、血走った双眸《そうぼう》が教えている。ハルはすっかりしょぼくれてしまった。

「……とにかく、無事でよかった。コテージに戻ろう。このままでは、お互い風邪《かぜ》を引いてしまう」

ハルは頷き……そして小さなくしゃみをした。


暖炉の火が、赤々と燃えている。

その前にラグを敷き、ウィルフレッドとハルは並んで座っていた。

あれから、二人はコテージに戻り、震えながらバスに湯を張った。そして、狭いバスタブに一緒につかった。凍えきった身体を迅速に温めるには、そうするしかなかったのだ。

それから酒入りの熱いお茶を飲み、ようやく人心地がついた二人は、ウィルフレッドが釣り上げた魚を一緒に捌《さば》き、夕飯を作った。

鱒の内臓を抜き、そこにハーブを詰め込んでローストにしたもの、暖炉の灰に埋めて焼き上げた芋、野菜と塩気のあるハムを煮て作ったスープ。

そんな素朴な料理を、粗末な木のテーブルで林檎酒とともに平らげる頃には、ハルもいつもの元気を取り戻し、ウィルフレッドの機嫌も直っていた。

そして今。すっかり満ち足りた気持ちで、二人は暖炉の前に落ち着いているのだった。

「寒くはないか？」

二人で一枚の毛布にくるまり、ウィルフレッドの腕にすっぽり抱き込まれたハルは、小さくかぶりを振った。

「そうか」

やわらかな声音でそう言ったウィルフレッドも、それきり口を噤《つぐ》んでしまう。

パチパチと、薪が小さく爆《は》ぜる音ばかりが部屋に響く。

安らかだが、どこか微妙な緊張を孕《はら》んだ沈黙の後……。先に口を開いたのは、ハルだった。

「やっぱ嘘。ちょっと寒い」

「……………？」

「……もっとあったまりたい」

毛布の下で、ハルの両腕がウィルフレッドの胸をギュッと抱く。いくら鈍感なウィルフレッドでも、その可愛い誘いを理解できないほど朴念仁ではない。

「……そうか」

笑いを滲《にじ》ませた声でそう言うと、ハルを抱き返し、そのほっそりした身体をラグの上に横たえた。

「……ふ……っ」

深く唇を合わせると、ハルの口から甘い溜め息が漏れる。

互いに服を脱ぎ捨て、素肌の温もりに触れると、激しい欲望よりも、不思議な安堵《あんど》感に包まれる。

「あ……ん、はっ……」

ウィルフレッドの無骨な手に華奢《きやしや》な身体の至るところを探られ、ハルは鼻に抜ける嬌声《きようせい》を上げて身を捩《よじ》った。ほかの誰かに触れられてもなんとも思わないような場所からも、ウィルフレッドは確実に熱を引き出していく。

何度も肌を合わせ、ハルの弱いところを把握しつつあるウィルフレッドである。指先は確かな自信を持って、ハルの脇腹《わきばら》をなぞり上げた。

「……あッ」

もう一方の手でしなる茎を扱《しご》いてやると、ハルの身体が、ぴくんと跳ねる。

まるで今日、ハルが逃した大きな鱒のようだ……と思いつつ、ウィルフレッドはハルの後ろにそっと触れる。

「……っ……」

指の侵入を予測して、ハルは息を詰めた。だが、ウィルフレッドは、閉じた入り口を軽く撫でただけで、手を離してしまう。

「……な……んで？」

咎《とが》めるように見上げてくるハルの額にキスを落として、ウィルフレッドは熱を帯びた……けれどどこか悪戯《いたずら》っぽい声で囁いた。

「最後までしてしまっては、明日、帰りの馬車がつらいだろう」

「……！」

ただでさえ上気していたハルの顔が、たちまち真っ赤になる。

「こ、こ、この期に及んで、俺の尻《しり》の心配なんかすんなッ。あんたのしたいようにすりゃいいだろ！」

「尻だけではない。お前のことはいつも心配だ」

だが、ウィルフレッドは大真面目にそう言い返した。ハルはうっと言葉に詰まる。

「ウィルフレッド……」

「何度でも言うが、俺はお前の客じゃない。俺の欲望を満たすために、お前を傷つけたり苦しめたりするつもりはないぞ」

「じゃあ、どうすんだよ。ここまで来てやめんのか？　それとも、手か口でしろって？」

大事にされることにまだ慣れていないハルは、照れすぎて、つい挑むような口調で噛みついた。ウィルフレッドは淡く微笑すると、ハルの湯気を噴きそうな熱い頬にキスした。そして、真紅の貝殻のような耳朶《じだ》に軽く歯を立てて囁いた。

「お前は何もしなくていい」

「な……あっ」

訝《いぶか》しげな顔つきだったハルの声が、不意に跳ね上がる。

ウィルフレッドが、その大きな手で、勃《た》ち上がった自分のものとハルのものを一緒に握り込んだのだ。

「な……に、すんだよっ……」

「ともに高まるなら……これがもっとも妥当な方法だろう」

まるで戦略でも語るような調子で……けれどわずかに息を乱して、ウィルフレッドは言った。

「んな、こと……っ！　あ、はっ……！」

羞恥にもがこうとしても、大きな身体に押さえ込まれ、逃げ出すことができない。ハルのかかとが、激しくラグを掻いた。

互いのものの尖端《せんたん》から滲む滴を絡め、ウィルフレッドの手のひらは、滑らかに二本の雄を愛撫《あいぶ》する。

「んっ……あ、ああっ……」

堅物のくせに、こんな真似《まね》をどこで……と言いたいのに、緩急をつけた動きと、消毒薬で荒れた指先と手のひらのせいで、異様なまでに強い快感に襲われ、ハルはただもう喘ぐことしかできない。

片腕だけで身体を支えたウィルフレッドは、ハルの細い首筋に唇を寄せた。肌にかかる荒々しく熱い息で……そして、擦れあい、同じ熱を溶かし合う互いのそれで、ハルは、自分と同じようにウィルフレッドも興奮していることを知る。

「ウィルフレッド……っ」

「声を……もっと聞かせてくれ」

屋敷では、お前は声を押し殺してしまうから……と、ハルの耳元で欲望に掠《かす》れた声が囁く。

声とともに耳に吹き込まれる息すら、ハルを翻弄《ほんろう》した。

「……く……ん、んんっ、はっ……ぁ」

それでも頑固に声を抑えようとするハルだが、食いしばった唇の間から、我慢できずに甘い声がこぼれる。ウィルフレッドの手に追い上げられ、ハルもウィルフレッド自身も、これ

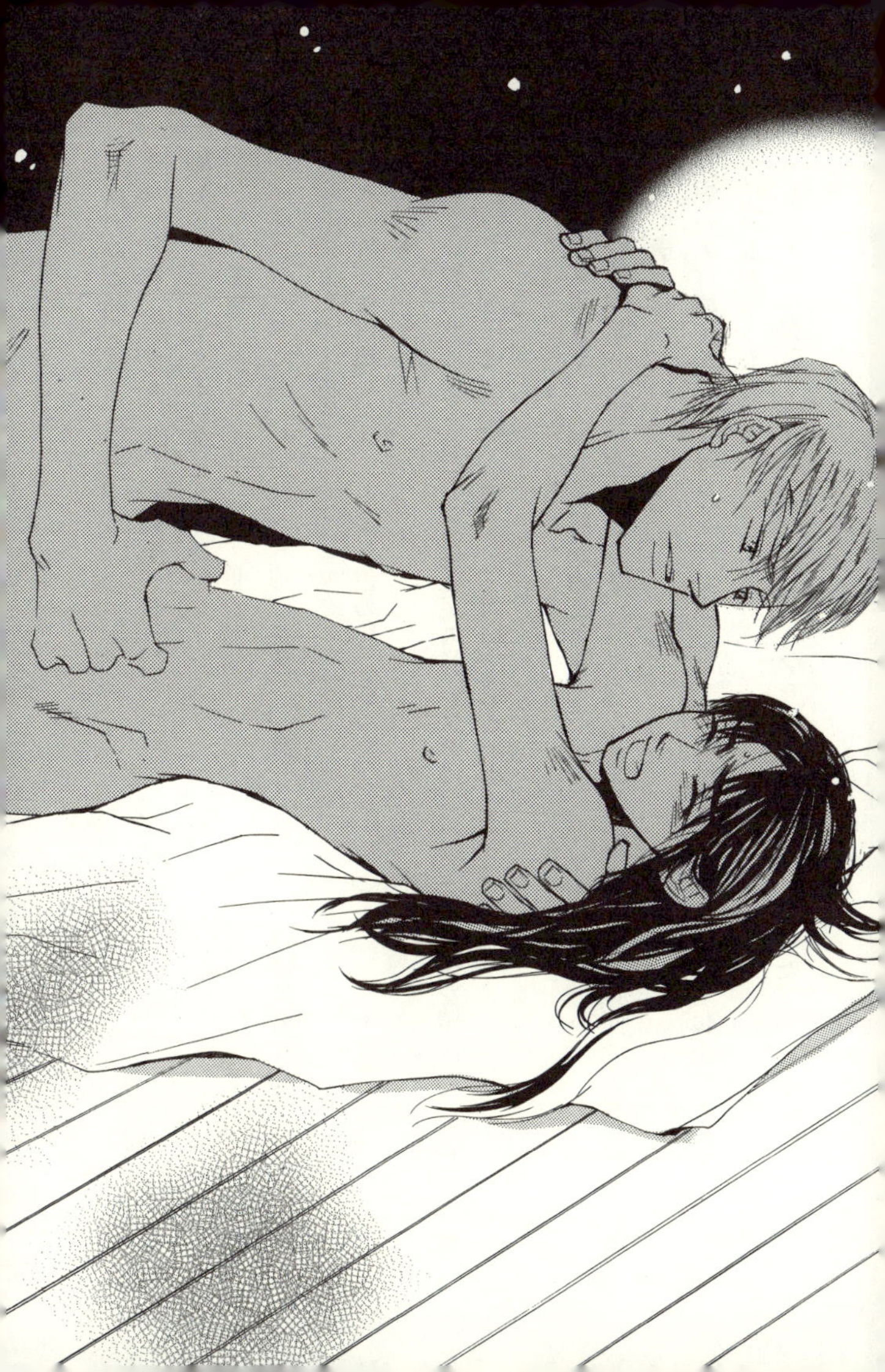

以上ないほど熱く猛《たけ》っていた。

「やっ……手、離せよ、俺……もう……っ……」

「俺も……だ。堪える必要は……ない……」

「……う、はっ、あ……はう……ッ！」

ウィルフレッドに組み敷かれたハルの身体が、激しく震えた。ほぼ同時に、ウィルフレッドも押し殺した声を漏らして息を詰める。

二人の放った白濁が、ハルの象牙《ぞうげ》色の腹に散った。

「は……ぁっ……」

心地よい脱力感に包まれ、ハルは毛足の長いラグにグッタリと身体を預けた。そして、覆い被《かぶ》さってくる汗ばんだ広い背中を、両腕で抱きとめた……。

荒い呼吸が鎮まり、火照《ほて》った肌が冷えていく。

それでもその場から動きがたく、離れがたくて、二人はラグの上で素肌に毛布を被り、寄り添って横たわっていた。

暖炉の火は穏やかに燃え続け、汗が引いた二人の身体を、優しい熱で包んでくれる。

「……綺麗に治ったな」

ハルの右腕の傷跡を指先で辿《たど》り、ウィルフレッドは満足げに呟いた。

二ヶ月前、酒場でトラブルを起こしたハルは、ならず者たちに拉致《らち》監禁され、こっぴどい暴力と陵辱を受けた。そのとき、いちばんひどかったのが右腕の傷だったのだ。

無惨に裂けてぱっくりと開いていた傷口も、今は一本の細い線状の痕跡《こんせき》を残すのみだった。

「もう、痛みはないか？　動きに支障は？」

「全然痛くない。すっかり元通りだよ」

「そうか。それはよかった。深い傷だったからな。神経が切れていても不思議ではなかった」

ウィルフレッドのそんな言葉に、ハルは感謝の眼差しでウィルフレッドを見て言った。

「あんときは、ホントにありがとな。……なあ、ウィルフレッド」

「うん？」

「明日……もう、帰らなきゃなんだよな」

「そうだな。街道沿いに夜盗が出て物騒らしいから、日暮れまでにはマーキスに戻りたい。となると、昼前にはここを出立しなくては。今度は昼寝なしで、真っすぐ帰ろう」

「昼前か……。早めに昼飯食ってすぐ出発って感じだな」

「ああ。また長旅になる。今夜もゆっくり休んでおけよ」

「ん……あのさ」

ハルは思いきったように言った。ウィルフレッドは、少し眠そうな目をハルに向ける。

「うん?」

「明日、俺、もっぺん川沿いをずーっと歩いてみる。もしかしたら、あんたの釣り竿、見つかるかもしれないし! どっか岸辺に引っかかってるかもだろ」

真摯《しんし》なハルの言葉に、ウィルフレッドは微笑し、長い黒髪を梳いた。

「もう気にしなくていい。どのみち、釣り竿などいつかは壊れるものだ」

「でも! お母さんがくれたもんだし、あんたがずっと大事にしてきたものじゃないか。そんなに簡単に諦《あきら》めるの、あんたはよくても俺が嫌だよ」

「ハル……」

「あんたは寝てていいから。俺、朝になったら起きて行ってみる」

「……わかった。俺も行こう」

ウィルフレッドの言葉に、ハルは泣きそうな困り顔をする。

「あんたはいいって。だって、身体を休めるための旅なのに……」

「もう、休養は十分とった。竿を探しながら、二人で川縁を散歩しよう。それなら、見つからなくても気持ちのいいひとときが過ごせる」

「ウィルフレッド……」

優しくされるとかえって困ってしまうハルは、途方に暮れた顔つきでウィルフレッドを見る。そんな恋人を抱き寄せ、ウィルフレッドはハルの顔を覗《のぞ》き込んで言った。

「見つかればもちろん嬉しいが、見つからなくてもかまわない。母と死に別れたように、釣り竿ともいつかは別れる。いつまでも心を残しはしないさ」

「でも」

「いいから。二度と、物のために自分の命を粗末にするようなことはしてくれるな、ハル」

強い語調でそう言ったウィルフレッドは、小さな子供に言い聞かせるように、一語一語区切ってこう続けた。

「昼間にも言ったが、思い出は物だけでなく、この胸深くにも宿っている。だが記憶というのは、それがどれほど大切なものでも、年とともに薄れていく」

「…………」

「だが、お前は今ここに……俺の腕の中にいる。遠ざかる思い出より、こうして触れられるお前のほうがずっと大事だ。それだけは忘れずにいてくれ」

「……俺……」

「うん？」

ウィルフレッドの目の前で、ハルの大きな黒い目が、みるみる潤んでいく。だが、涙がこぼれそうになった瞬間、ハルは手の甲でぐいと目を擦り、真っすぐにウィルフレッドを見つめ返した。

「俺は、あんたにとって必要？」

意表を突かれて絶句したウィルフレッドは、すぐに深く頷いた。

「ああ。……なぜ、そんなことを訊く？」

「フライトさんが言うんだ。お前は旦那様の命綱みたいなものだから、常にお傍近くいるように……って。でも俺、これまで誰かに必要とされたことなんてないから……何か、信じられなくて」

「……フライトの言うとおりだ」

ウィルフレッドは、愛おしげにハルの髪を撫でながら言った。

「一度は人との繋《つな》がりを拒んだ俺の心に、お前は真っすぐ……恐れることなく飛び込んできてくれた。だからこそ俺はもう一度、人を愛する心がどんなものかを思い出すことができたんだ」

「…………」

何か言い返そうとするものの、ハルは言葉を見つけられずにただ口をパクパクさせる。そんなハルの唇に羽根で触れるようなキスをして、ウィルフレッドは囁いた。

「お前は俺を温かな気持ちにしてくれる。そんなお前を幸せにしてやりたいと思う。……だから、ずっと傍にいてくれ」

「…………」

言葉の代わりに、ハルはウィルフレッドの唇に、そっと自分の唇を重ねる。まるで神聖な誓いのようなキスを交わし、二人はふたたび互いの身体を強く抱きしめた……。

あとがき

はじめまして、あるいはまたお会いできて嬉しいです、椹野道流です。

いつもは「メス花シリーズ」でお世話になっているシャレードさんなのですが、今回はがらりと趣を変え、時代小説というかファンタジーというか、ちょっと毛色の変わったものを書いてみました。

ことの起こりは、「パイレーツ・オブ・カリビアン」を見てあの世界に大萌えになった担当さんの鶴の一声でした。

確か最初は「海賊ものを書きませんか？」というご提案だったにもかかわらず、そこから話が二転三転し、気がついたら海は海でも港町に住む検死官の話になっておりました。なーぜー（「まさかのミステリー」風に）。

ふだんは日本を舞台にしたお話を書いているので、架空の孤島都市マーキスの設定をあれこれ考えるのはとても新鮮でした。参考にしたのは、ビクトリア時代のイギリスとドイツ。やはり子供の頃からシャーロッキアンなので、あの時代のイギリスの独特の雰囲気がいちばん好きなようです。

グラナダTVの「シャーロック・ホームズ」を見ると、今でも血が騒ぎます。ロンドンのホームズ博物館も、入場料の高さにブツブツ言いつつも中に入り、しっかりと部屋の様子を見てきました。あの歴史を感じる重厚な感じ、そして居心地のいい部屋の雰囲気や匂いが、作品の根底にほんのり漂っているといいな……と思っています。

今回は、ウィルフレッドとハルという二人の人物の出会いを軸にお話を書きました。異国人であり、暗い過去を振り切ってマーキスにたどり着き、検死官として活躍しているウィルフレッド。そして、孤児院の中で十六年を過ごし、外の世界へ飛び出したものの、今はスラムの男娼に身を落としているハル。

普通なら出会うはずもなかった二人が出会い、料理を通じて、少しずつ心を近づけていく不器用な二人を書くのは、とても楽しかったです。二人のあまりの初々しさと、ウィルフレッドの堅物ぶりに途中で心配になったりしましたが、無事に（？）結ばれてよかったよかった……。

　では最後に、お世話になったお二方にお礼を。

　イラストを担当していただいた金ひかるさん。実はデビュー前から素敵な絵だなーいいなーとずっと憧れていたので、今回は本当に幸せでした。ウィルフレッドはかっこよく、ハルは可愛く、フライトさんは華やかに描いて頂き、イメージがもくもく膨らみました。ありがとうございました！

　担当のSさん。アイデアやアドバイスをありがとうございました！　おかげさまで、紆余曲折の果てになんとも不思議なカップルを誕生させることができました。

　機会がありましたら、またこの二人を……今度は事件に体当たりで挑むお話で活躍させてみたいと思います。そのときまで、ごきげんよう。

椹野　道流　九拝

◆初出一覧◆
作る少年、食う男
（Charade2004年11月号、2005年1月号）
旦那様の休日（書き下ろし）

CHARADE BUNKO
作《つく》る少年《しょうねん》、食《く》う男《おとこ》

［著　者］　椹野道流《ふしのみちる》

［発行所］　株式会社 二見書房
東京都千代田区神田神保町1－5－10
電話　03（3219）2311［営業］
　　　03（3219）2316［編集］
振替　00170－4－2639

［印　刷］　株式会社堀内印刷所
［製　本］　ナショナル製本協同組合

落丁・乱丁本はお取り替えいたします。
定価は、カバーに表示してあります。

ISBN4－576－05116－4
http://www.futami.co.jp